두 개의 심장을 가진 자

두 개의 심장을 가진 자 6

2018년 1월 11일 초판 1쇄 인쇄
2018년 1월 16일 초판 1쇄 발행

지은이 덕민
발행인 이종주

기획 팀 이기헌 왕소현 박경무 이승제
책임 편집 김홍식

발행처 (주)로크미디어
출판등록 2003년 3월 24일
주소 서울시 마포구 성암로 330 DMC첨단산업센터 3층 314호
Tel (02)3273-5135 **Fax** (02)3273-5134
홈페이지 rokmedia.com **E-mail** rokmedia@empas.com

ⓒ 덕민, 2017

값 8,000원

ISBN 979-11-294-4275-8 (6권)
ISBN 979-11-294-0612-5 04810 (세트)

두 개의 심장을 가진 자

덕민 현대 판타지 장편소설

6

ROK
MEDIA
로크미디어

CONTENTS

검은 그림자를 쫓아

서장 내 서혈회를 책임지고 있는 통령統領 장정두는 3층 서재에서 포달랍궁을 바라봤다.

눈은 한 점에 고정되어 있는 것과 달리 움켜쥔 손은 쥐었다가 풀기를 반복했다. 고정된 눈 역시 초점이 잡혀 있지 않아 깊은 시름에 빠졌음을 알 수 있었다.

'으음, 회주를 말렸어야 했건만. 그나저나 감국호 이 작자는 이런 시기에 분란이나 만들고…… 또 이 아이는 왜 이리 늦는 건지.'

그는 마음이 급해져 서재를 좌우로 오갔다.

똑. 똑.

노크와 함께 그의 딸 장만민이 들어왔다.

"그래, 알아봤더냐?"

"네, 감국호 장백관주와 이석귀 부관주가 말을 맞췄는지 대답은 한결같았습니다."

"그 괴승이 이유도 없이 장백 지부와 시비가 붙었다는 말이더냐?"

"관원이 몇 대 맞았는데 그것을 참지 못한 모양입니다."

"시기가 어떤 때인데…… 연판장 유출 문제는?"

"감국호는 그 괴승과 시비를 붙었을 당시 외에는 지부를 비우지 않았답니다."

"그럼 그 괴승이 뒷벽을 얌전히 부수고 장백 지부 안에 들어갔다는 말이냐? 앞뒤가 맞질 않아."

"그때가 아니면 누군가 침입을 할 수 없다는 건 사실입니다."

"일행이 있었단 말이냐?"

"뒷벽이 훼손된 지 사흘이나 지나서야 알았다고 하고…… 감국호와 이석귀 두 사람의 말로는 연판장과 서혈회록이 유출됐는지 여부는 판단이 서질 않습니다."

"도대체 아는 것이 무엇이라고 하더냐? 또 그 괴승의 정체는 알아보기나 했다더냐?"

"그가 한국인이라 쟁천의 정보 상인에게 특징을 알리고 물어봤습니다. 꽤나 유명한 자였습니다. 곧바로 알아보더군요. 이름은 덕치고, 절정의 끝 또는 초절정의 고수라 합니다."

"초절정 고수? 그런 자가 왜?"

"출신은 총지종이라는데…… 우리로 치자면 소림사와 같은 곳으로, 괴짜라고 소문이 나 있습니다."

"아무리 괴짜라 해도 이해가 되질 않는구나. 무림에서 보기 드문 실력자가 2류나 될까 말까 한 우리 사람들과 시비를 붙다니."

"저도 의구심이 들었습니다. 그런데 그가 그만한 사람들과 요즘 어울려 다닌다고 합니다."

장정두의 얼굴에 불신의 빛이 스쳐 지나갔다.

소림의 장로도 전대의 노자 배나 되어야 초절정과 화경의 사이를 오갈까 하는 판에, 작은 나라에서 그런 고수가 있다 하니 신빙성마저 떨어졌다.

"결박창 방진은 이미 시험을 거쳐 절정 고수까지 제압할 수 있다는 결과를 얻지 않았습니까? 그들을 애들처럼 갖고 놀았다니 절정 이상이 틀림없습니다."

딸의 말에 장정두는 입을 닫았다.

"네 생각은 어떠냐? 다른 일행이 있었다면 연판장이 든 서혈회록이 유출되었을 것이라 보느냐?"

"……."

장만민은 잠시 말을 끊었다. 그리고 정리한 생각을 말했다.

"거의 그렇다고 봐요. 그래서 일단 그들의 행방을 찾는 데

주력해야겠어요. 만약에 그들과 당문이나 삼파와 연결 고리가 있으면 지금이 최악의 상황이니까요."

"당문과 삼파의 동향을 봐서는 그렇지 않다. 그들은 움직이지 않고 아직도 여기 납살에서 포달랍궁만 쳐다보고 있으니까."

"그렇다면 다행이지만 다른 변수도 고려해야 해요. 회주님께 보고도 해야 되고요."

"이미 혈천당 채창영 향주에게 언질을 주었다. 회주는 이리곡지로 들어가 이혈흡기대법을 준비 중이다. 대법이 성공해 천산신공이 전대문주의 경지에만 이르러도 모든 걱정을 내려놓을 수 있으련만."

"아버지…… 이혈흡기대법을 반대하셨잖아요."

"천산신공의 성취를 위한 백혈 때문이었지 않느냐."

장정두는 지금도 내키지 않는 마음에 인상을 썼다.

"그동안 백혈을 이루기 위해 그 많은 희생을 했어요. 납치한 동남동녀童男童女만……."

"그만."

"삼파의 고수마저 희생양으로 삼은 마당에 돌이켜 말해 봤자 무슨 소용이 있겠어요."

"휴—우, 그만하자. 어차피 혈루회채지계는 굴러갔다. 이제는 그 축인 회주가 무엇보다 우선이다. 그러니 너는 이리곡지 쪽으로 혈천당 당주 채창영에게 재차 주의를 주고, 이

목향 열일곱 개 소의 형제들을 전부 그곳으로 보내라.”

“전부 말입니까?”

“그래. 말해 뭐 하겠냐. 서혈회는 회주의 원한을 갚기 위해 모였고 그 중심에 회주가 있는 것을…… 회주의 아들 장진명이 죽으며 이미 대의는 기울어져 버렸다.”

장정두는 고개를 흔들며 돌아섰다.

서재를 빠져나오는 그는 회주 서문혜에 대한 마지막 미련을 접었다. 그의 등은 좁기만 했다.

지난 며칠 사천에 머문 상욱은 나름 바쁜 시간을 보냈다.

등청량을 서장으로 보내 당당과 합류시켰고, 경찰청 외사부 오현화 총경을 만나 잔소리를 들으며 사천 공안청 세미나에도 참석해 두 건의 강연을 했다.

특수대 3팀과도 사천요리를 즐기며 일정을 조율했다. 그리고 무엇보다 서장 원정 후발대를 꾸리는 데 노력을 했다.

혹여 서문보군만 한 전력을 염두에 두지 않을 수 없었다. 그런 이가 둘이라면 감당할 수 있을지 미지수였다.

다구리에 장사 없다고, 서장 안으로 들어가 물량 공세를 받고 싶은 생각은 눈곱만큼도 없었다.

더구나 사천에 머물면서 막강 화력을 꿰어 냈다. 그러니 굳이 힘들여 고생을 자초하고 싶은 마음이 없는 상욱이었다.

그렇게 모든 준비를 마치고 서장으로 넘어와 당당을 찾아 나선 것이다.

"어?"

당당은 상욱을 보며 눈이 커졌다. 일주일 후에나 서장에 올 것이라던 상욱이 사흘이나 앞당겨 나흘 만에 왔다.

"이 싸늘한 반응은 뭐지?"

상욱이 웃으며 농담을 던졌다.

"말한 일정과 달리 깜짝 등장이라 놀랐어요."

"진짜 깜짝은 지금부턴데. 자."

상욱이 당당에게 서류 봉투를 건넸다.

"뭐예요?"

"선물."

그때 등청량이 끼어들었다.

"두 사람, 사귀는 거요?"

그는 당당의 눈에 가득 찬 열망을 보며 말했다.

그리고 상욱 역시 그저 웃기만 할 뿐 즉답을 피하자, 당당이 얼굴이 붉어졌다.

"아니에요."

그녀는 샐쭉한 표정으로 봉투를 낚아채더니 돌아서서 차 안으로 들어가 버렸다.

"그녀의 표정을 보니 아닌가 봅니다. 외려 등 경독이 관심 있는 것 아닙니까?"

이번에는 역으로 상욱이 등청량의 속을 떠봤다.

"이래 봬도 나 딸이 둘인 유부남이오. 당문의 딸에게 도둑 장가 들었다가 무슨 독에 죽으라고."

"풋, 등 경독이 무서운 것이 있었소?"

"객쩍은 말은 접읍시다. 이리 급히 날아온 것을 보면 아무래도 방금 그 서류 봉투 때문일 듯한데."

"여기 세워 놓고 이야기할 겁니까?"

"이거 실례했소. 당 소저를 부르겠소."

"그러지 않아도 될 겁니다. 그 서류에 눈이 돌아가고 있을 테니."

"눈이 돌아간다고?"

"어디 조용한 곳에서 말을 해 주겠습니다."

"앞에 찻집이 있소. 그리 갑시다."

두 사람은 곧 찻집에 가 앉았다.

"내가 궁금한 것을 참지 못하오. 서류가 무엇이오?"

등청량은 상욱에게 곧장 물어 왔다.

그 답으로 상욱은 휴대폰을 꺼내 갤러리를 보여 줬다.

등청량은 건네받은 휴대폰을 한동안 조작하며 내용을 확인했다. 그리고 시시각각 얼굴색이 변했다.

"이것을 어떻게 입수했소?"

한참을 휴대폰에서 시선을 떼지 못하던 등청량의 얼굴에 의아한 기색이 역력했다.

그나 상욱이나 서장은 처음이고 기반이 없기는 매한가지다.

"어찌어찌 얻었는데 우연이었소."

상욱은 대충 얼버무렸다. 덕치가 들으면 나름 고심해 짠 전략으로 얻은 정보를 이리 가볍게 취급한다고 길길이 날뛸 일이지만.

"그렇다 해도 이건…… 서혈회라…….."

그는 신음을 토하며 앞뒤 관계를 따졌다.

영상으로 찍은 내용은 서혈회록이라는 조직의 회칙과 연판장이었다. 조직 결성만으로는 범죄가 아니지만, 중국 내에서 구파九派의 사람들 중 일부는 중요 인사에 포함된다.

그런 이들을 살해해 복수를 꾀하고 이익을 얻으려는 것은 범죄단체 구성이나 마찬가지였다.

오히려 삼합회보다 더한 범죄 집단으로 분류할 일이었다. 큰 건의 냄새가 물씬 풍겼다.

"이것, 내가 가질 수 있겠소?"

"하기 나름 아니겠습니까."

"어떻게 말이오?"

"삼파와 당문이 지금 곤란한 상황에 처해 있는 것은 이미 전화 통화를 해서 알고 계실 테고."

"서문혜를 찾아야 그들과 내가 공통의 목표인지 확인이 되겠지만, 지금 상황으로 보아 틀림없어 보이오."

등청량의 입장에서는 절도 사건의 장물 때문에 베이징에서 여기까지 날아왔는데 줄기를 잡았더니 고구마가 딸려 나오는 격이라, 장진명과 서문혜 사이에 인과관계가 없어도 만들어야 할 지경이었다.

"삼파와 당문 중 무당이 실세처럼 보이지만 현실적으로는 당 문주 당사륵을 중심으로 움직이고 있소. 당당이 그 당사륵의 마음을 헤아려 당문의 지낭 역할을 하고 있으니 그녀를 잘 이용해 보시오."

"그래서 당 소저 옆에 날 붙여 준 것이오?"

"그런 의미도 있지만, 서문혜를 빨리 찾아야만 납치된 삼파 세 분의 안전이 보장됩니다. 다행히 그 연판장에는 회주를 비롯한 요직의 사람들 이름이 나옵니다. 지금 하고 있는 통신 작업으로 천산파 출신의 중간책 정도만 잡아들여도 그들이 어떤 인물들인지 쉽게 확인이 될 텐데……."

상욱이 뒷말을 아꼈다.

"그 일이라면 맡겨 두시오. 서혈회라는 조직의 요강을 입수했으니 이쪽 공안과……."

"나라면 고양이에게 생선을 내주지 않겠소."

"서장의 공안을 믿기 어렵다는 말이오?"

등청량이 인상을 썼다.

"인심이란 손 안으로 굽기 마련이오. 더구나 나곡현에서만 쉰 명이 넘는 자들이 연판장에 수결을 했소. 하나의 현이 그러한데 어디에서 망량魍魎처럼 서혈회의 인간들이 툭 튀어나올지 모르는 일이 아니겠습니까?"

"흐음, 일리가 있소."

"더 세밀한 이야기는 당당과 같이하죠. 이 정도 시간이면 그녀도 대충 서혈회록을 읽고 내용을 파악했을 것입니다."

상욱의 말에 등청량이 고개를 끄덕였다.

그도 마음이 급했다. 지금 휴대폰을 감청하는 여자의 이름이 서혈회록 연판장에 나오는 이름과 같았다.

동명이인이 틀림이 없음에도 확인하고 싶은 마음이 굴뚝이었다.

둘의 발걸음이 무선 전파국 이동 차량으로 향했다.

무선 전파국 이동 차량 안.

"같이 움직이는 것 아니었어요?"

당당은 상욱이 무선 전파국 이동 차량으로 들어오자 지금 벌여 놓은 일이 상욱 때문이라 일정을 물었는데, 내일 떠난다는 상욱의 말에 아쉬운 표정을 지었다.

"그럴까도 생각했는데, 아무래도 나곡현으로 가 있는 일행이 마음에 걸려서."

"일행?"

옆에 있던 등청량이 물었다.

"그 무섭게 생긴 스님과 아저씨들이 거기 가 있었어요? 당문은 이틀 전에서야 천산파가 있는 나곡현으로 출발했는데."

"그러고 보니 그 정보를 이철로 선생 일행분들이 캐냈군."

등청량이 중얼거렸다.

그 말을 주변에서 들을 수 있을 정도라 정보의 출처를 당당뿐 아니라 당문에 고지하는 것이나 마찬가지였다. 역시 노련한 등청량은 공무원의 정치 방식으로로 상욱에게 공이 있음을 확실히 심었다.

"공치사를 받을 맘 없습니다."

상욱이 등청량을 보며 웃었다.

"그래도 박 경감이 아니었으면 당문이든 삼파든 서문혜를 찾으려면 막막했을 것이오."

"자, 그 이야기는 여기까지만 하죠. 서문혜가 어디 있는지 알지도 못하고…… 그나저나 무선 주파수는 어떻게 잡았습니까?"

"네."

당당이 나섰다.

"상욱 씨 말처럼 스마트폰으로 페이스북(중국에서는 구글과 페이스 북을 금지해 보통 러시아 회선을 씀. 작가 註)과 런런왕人人罔에서 특정 검색을 해 봤어요. 그랬더니 다수의 사람들이 당문과 삼파에 대해 대화를 하더라고요. 그들의 아이디를 뽑고 그

다음은 상욱 씨 연락으로 오신 등 경독께서 작업 중에 있었어요."

당당은 등청량을 봤다. 그러자 등청량이 말을 이어 갔다.

"통신사에 협조 요청하고 휴대전화 번호를 뽑았소. 그리고 린린왕에 서혈회의 지령을 올린 자가 있어 그의 휴대폰을 감청하는 중이었소."

"원하는 방향대로군요. 혹 그자가 서혈회 연판장의 명단에 있던가요?"

상욱이 말하자 당당이 얼굴을 돌려 웃음을 지었다. 있었던 것이다.

"봅시다."

상욱이 모니터 앞으로 다가가자 무선 전파국 직원이 의자를 내줬다.

"석난경?"

"서장에는 많지 않은 만족이라고 합디다."

차량 안쪽에 있던 20대 중반의 사내가 말했다.

"박 경감 말에 특별히 무선 전파국에 요청한 사람이오."

상욱이 등청량을 보며 답을 구하자 등청량이 대답했다.

"제갈현중입니다."

사내가 일어났는데 보기와 달리 키가 상당히 컸다. 작은 얼굴 때문이었다. 요즘 탤런트나 아이돌 스타가 이럴까 싶었다.

두개의
심장을
가진자

"박상욱이오."

"등 형님과 당당 누님에게 말씀 많이 들었습니다."

"세 사람이 안면이 있었소?"

상욱이 셋의 인과관계를 알 수 없어 물었다.

"현중이가 좀 독특한 사람이에요. 그는 제갈 가문의 사람이구요. 무림 오대 세가에 몇 안 되는 유학파 출신이라 제가 재작년 하버드 대학 의전원에 가면서 도움을 받았어요."

"나는 훌륭한 해커 한 명을 알고 있었소. 그가 제갈 동생이오. 뭐, 무선 전파국에서 일하고 있는 것이 불만이기는 하지만."

당당에 이어 등청량이 말했다.

"참, 이렇게 넓은 대륙에서 인연이군."

상욱이 놀라 말하자 세 사람이 이구동성으로 말했다.

"아니오."

"그럼?"

"난 원래 어렸을 때 형산에서 도문에 잠시 머물렀었소. 한국에서 쟁천으로 치자면 10문의 말석 정도의 문파요. 내 자질이 특출하지 못해 속가에 속해 있었지만 그래도 무림의 한 사람이라 할 수 있소. 그리고 무림은 너무 좁소."

"등 경독의 말이 맞아요. 특별한 사람들이 사는 곳이라 금방 존재감이 드러나요."

등청량이 먼저 입을 열자 당당이 동조했다.

"하기는 쟁천도 그렇더이다."

상욱은 남 이야기처럼 말했다. 이미 깊게 발을 들여놓았어도 여전히 그는 평범한 사람들과 다르지 않다고 생각했다.

"그렇더이다? 남 일처럼 말씀하시는군요."

제갈현중이 기묘한 표정으로 물었다.

"그들 세상은 그들의 것이고 나야 평범한 사람이오."

"평범하다."

"평범하다고요?"

상욱의 말에 세 사람이 서로를 보며 어이없는 표정이 되었다.

"사람마다 가진 가치관이 다르겠지만, 난 그대 같은 사람이 왜 경찰을 하는지 모르겠소. 좀 더 큰 것을 가질 수도 있는데."

등청량이 입을 열더니 결국 상욱을 보며 내내 궁금했던 것을 물었다.

"난 형사를 천직으로 살고 있습니다. 꼭 해야 할 일이 한 가지 있기는 하지만 당장은 능력 밖이고…… 어찌어찌 인사를 하다가 말이 길어졌는데, 석난경이란 그 여자 통신을 좀 봅시다."

상욱은 그에 대한 말이 나오자 말꼬리를 돌렸다.

그도 자신의 변화가 놀랍기만 한데 다른 사람들이 들으면 소설 쓴다고 할 일이었다.

"여기요."

제갈현중은 상욱에게 석난경의 자료와 휴대폰 하나를 넘겼다.

"복사폰?"

상욱이 제갈현중을 보며 물었다.

"석난경 휴대전화를 여기 모니터와 함께 실시간으로 검색하고 정보를 공유할 수 있죠."

제갈현중이 차량에 설치된 모니터를 툭 쳤다.

"좋군."

상욱은 제갈현중에게 솔직히 감탄한 면이 없지 않았다. 이 기술이 신기술은 아니지만 통상 일주일은 걸릴 작업이었다. 그것을 이틀 만에 마치고 복사폰에 내용 정리까지.

작업 속도만으로 따지면 그가 뱀파이어릭을 개방해야 할 정도였다.

상욱은 일단 자료를 보자 정신없이 빠져들었다.

그런 상욱을 등청량이 물끄러미 바라봤다.

원래 강력 형사들은 이런 미끼 없는 낚싯바늘을 던지지 않는다.

테러나 간첩를 수사하는 단서를 찾기 위해 빅 데이터를 활용하지, 형사들은 용의자의 그림자를 쫓는다.

그런데 상욱의 의견을 쫓다 보니 정보의 바다에서 서혈회의 실체를 잡아냈다.

번잡하고 지루한 테러 수사 기법이라 널리 알려지지도 않았는데 상욱은 이 기법을 고집했던 모양이다.

게다가 통신 수사를 할 근거도 상욱이 가져온 서혈회록이면 충분했다.

어색한 침묵이 한참 흘렀다. 그리고 무선 전파국 이동 차량에 동시에 벨이 울렸다.

석난경에게 걸려 온 전화였다.

그날 오후.

등청량은 석난경을 그녀의 직장에서 체포를 했다.

상욱은 멀찍이 떨어져 그 모습을 지켜봤다.

수사는 이제부터 시작이었다. 단체에 가입한 조직원이 조직을 낱낱이 까발릴 리가 없다. 오히려 조개처럼 입을 굳게 다물고 조직을 옹호할 것이다.

등청량의 능력이 떨어진다고 생각하지 않는 상욱이지만 석난경처럼 뻣뻣한 고기를 연하게 만들기 위해서는 초를 치거나 당분이 강한 과일이 필요했다.

이미 준비도 끝나 가는 마당이었다.

그는 등청량을 향해 손을 들어 보였다. 내일까지는 수사의 추이를 지켜봐야 했다. 여기서 그의 일은 없었다.

숙소가 있는 뉴 센트리 호텔로 걸음을 옮겼다. 그때 당당이 그를 불렀다.

"상욱 씨, 저녁 식사 겸 한잔해요."

서장의 거리는 한국의 밤과 하늘과 땅 차이다.

그나마 성도인 납살이 번화했다지만 희고 번듯한 건물들 몇을 빼면 한국 여느 촌 동네와 다르지 않았다. 정교가 일치하는 곳이기도 했거니와 주민 정서가 차분한 경향이 컸다.

그래서인지 상욱과 당당이 물어물어 간 음식점 겸 술집은 나름 현대를 지향하는 전통 무늬가 가득했다.

좋게 말하면 모더니즘이 엿보였고 나쁘게 말하면 얼치기 문화를 보는 듯했다.

나무 탁자에 나온 전통주 챙은 막걸리와 비슷했고, 녹색 사각 플라스틱 위에 얹어진 샐러드와 감자 그리고 밀병은 독특한 맛을 선사했다.

두 청춘(?)의 대화는 특별한 내용이 없었다.

말수가 적은 상욱이라 듣는 편이었고, 주로 말하는 당당도 가문에서 독과 의술 그리고 무공을 집중적으로 가르쳤기에 연애에는 잼병이었다.

그래서 서로 일상적인 사는 모습만 이야기했다.

그나마 한국에 관심이 있는 당당이라 소소한 이야기를 했다. 그러다가 그녀는 답답한 마음에 술을 한 잔 벌컥 마셨다.

이미 술을 제법 마신 당당이라 붉어진 얼굴로 상욱 올려다 봤다.

"그렇게 보면 내 가슴이 뛰는데."

"나랑 사귀어요."

고양이 눈으로 바라보며 하는 당당의 말에 상욱의 눈이 커졌다.

"내가 어떤 사람인 줄 알고?"

"어떤 사람은, 한국 사람이죠."

"농담할 정도면 술 취한 것도 아닌데."

"술 취한 건 아니고요. 술에 기대어 하는 말이에요. 그리고 저 지금 무척 창피하거든요."

술에 취한 것인지 수줍음에 그런지 몰라도 당당의 얼굴은 붉어져 있었다. 참 고혹적인 얼굴이다.

"장거리 연애라…… 서로에게 힘들지 않겠어?"

"가부만 결정해요."

"그렇게 말하면 사랑이 거래 같잖아."

"당문 사람 중에 사랑하고 결혼하는 인간은 손에 꼽아요. 저 역시 그런 범주에서 벗어나지 못해요. 그나마 상욱 씨라면 당문이 인정할 만하니까 이런 말을 하는 거구요. 또 결혼을 전제로 만나는 것도 아니고 서로 알아 가자는 의미로 하는 말이에요. 게다가 저 연애도 못 하고 시집가기도 싫고요."

"그런 의미에서 연애라면 나도 싫지는 않아."

"좋아요, 오늘 신나게 놀아 봐요. 방학 내내 아버지 뒤치다꺼리만 하려니 신경만 날카로워져 있었거든요."

"여기서 어디를 가?"

"따라오세요. 서장 클럽 문화가 좀 독특하더라고요."

당당이 일어나 먼저 앞장서자 상욱이 떨떠름한 표정이 되었다. 클럽에 대한 안 좋은 기억이 떠올랐다.

괜히 비토리, 아니 가승희까지 연결됐다. 걸음이 무거워졌다.

10분 거리에 도착한 클럽은 낭마라는 이름을 갖고 있었다.

결론부터 말하자면 클럽은 한국 사람이 생각하는 클럽과는 차원이 달랐다.

자리는 오는 순서대로, 술값은 선불로 챙기고 아가씨들이 버드와이저를 나무 탁자로 배달했다.

게다가 손님들이 가무를 즐길 스테이지는 없고 가수와 무용수 들이 공연을 했다. 또한 까딱이라는 흰 스카프를 구입해 맘에 드는 공연자에게 선물하면 그것이 팁이었다.

상욱과 당당은 가요 공연을 보며 독특한 음에 대화를 섞다 보니 간간이 뜻이 맞았다. 생소한 문화를 접하며 둘은 추억도 공유했다.

마지막에 가서는 가수와 무용수 들이 손님들을 공연을 하는 무대로 불러들여 손을 잡고 원을 만들어 화합의 의식과 비슷한 춤을 추었다.

상욱은 이 춤과 노래를 통해 정신적 감응을 느꼈다.

'이것은?'

오른손을 잡은 당당에게서는 기쁨이, 옆에서 왼손을 잡은 사내에게서는 일체성이란 감정이 손끝을 통해서 전달됐다.

그의 기억에 에블리스의 감정이 겹쳤다. 원시 종교의 제사장과 같던 드루이드가 마계의 강림을 청하던 정신감응을 연상시켰다.

순간 많은 상념이 스쳤다.

"상욱 씨, 괜찮아요?"

당당은 우두커니 멈춘 상욱을 불렀고, 필름처럼 돌아가던 사념의 연속이 끊겼다.

"으응? 아무것도 아니야. 즐기자고."

상욱이 당당에게 미소를 지어 줬다. 그녀의 손에서 여전히 기쁨의 감정이 전달되고 있었다.

그렇게 한동안 원을 그리며 춤을 끝으로 유흥이 아닌 여흥의 자리가 끝났다.

약간의 흥분감이 없지 않았지만 상욱은 당당과 함께 택시를 타고 당문의 숙소가 있는 쉐라톤 호텔로 갔다.

바래다주는 택시 안에서 당당은 상욱의 어깨에 머리를 기댔다.

"당신, 참 무뚝뚝해요. 무드도 없고."

행동과 달리 당당은 미간을 찡그리며 타박을 했다.

"나 아무 여자에게 어깨를 내주는 사람 아닌데."

상욱 역시 투박하게 말했지만 오른쪽 어깨에 힘을 뺐다.

그리고 왼손을 내밀어 당당의 오른손을 잡았다.

"이번에 나곡현으로 가는데 동행하지 않을래?"

"글쎄, 아버지가 허락을 하면."

"놀이터에 가는데 허락을 받아?"

"핏, 여기서 거기가 어딘데 놀이터라고 그래요."

"그래서 갈 거야, 안 갈 거야?"

"애기같이 보채지 말아요. 아버지에게 허락은 받아 보겠는데 어렵지 않나 싶어요."

"그대 아버지 당 문주도 나곡현으로 갈 수밖에 없는 입장인데."

"짐작되는 일이라도 있나요?"

상욱은 당당의 말에 손을 놓고 휴대폰을 꺼내 들었다.

"이것 봐."

휴대폰 액정의 문자를 당당에게 보여 줬다.

"석난경이 자백을 했네요."

액정에는 자백自白 두 글자가 적혀 있었다.

"등청량의 수단이 만만치 않지. 거기다 숨소리까지 붙었으니."

"숨소리요?"

"그런 친구가 있어."

"그렇다고 해도 아버지가 왜 나곡현에 간다는 거예요?"

"클럽에 있을 때 등 경독이랑 통화했지."

"언제?"

"나 화장실 간다고 했을 때. 통화 내용이 흥미롭더라고. 서문혜가 나곡현으로 갔는데 목적이 상당히 얼토당토않은 내용이고. 그래서 나름 코치 좀 해 줬지. 당당 아버지를 만나라고. 아마 당 문주도 마음이 급해져 서두를 것 같아."

"그 얼토당토않은 내용이 뭔데요?"

"사람의 정혈을 흡수하는 대법이래."

말을 하던 상욱이 눈빛이 굳어졌다.

그 모습에 당당도 얼굴이 딱딱해졌다. 사천성 성두 세검장 회의장에서 그녀의 아버지는 서장에서 서문보군과 있었던 이야기를 했다. 그것은 하루도 되지 않아 세검장에서 모르는 사람들이 없었다.

당연히 그녀도 알았다.

그 서문보군이 전대미문의 사이한 마공을 익혔다는데 후대에 전해지지 말라는 법도 없다.

그래서 그 대법이 뭐든지 간에 그녀의 아버지 당사륵은 꼭 확인해야 할 의무마저 있었다.

납치된 삼파의 요인들의 신변은 논외로 치더라도 서장으로 파견 나갔다가 숨진 동료의 원한과도 관계가 있었다.

"아마 아버지는 저를 대동하지 않을 것 같네요. 아버지가 위험하다고 여기는 장소로 저를 데려갈 리가 없어요."

당당이 앞뒤 관계를 따져보고는 상욱에게 답했다.

"내 생각에는 그대가 사천으로 가지 않고 서장에 머무는 한, 내 곁에 있는 것이 제일 안전해."

"호오, 너무 자신만만한데요."

"사실이야. 그리고 내일이면 오히려 당 문주께서는 내 곁에 있으라고 할걸."

상욱이 묘한 미소를 지었다.

"손님, 다 왔습니다."

그의 말이 끝나자 택시 기사가 쉐라톤 호텔에 도착했다고 통지했다.

상욱이 연애 아닌 연애에 빠져 있는 동안 등청량은 호텔 방에서 석난경을 어찌할지 고민 중이었다.

작은 방에서 석난경을 베이징 공안청 형사 둘이 취조하고 있지만 그녀는 입에 자물쇠를 채우고 있었다.

그렇다고 서장 공안청에 넘기자니 상욱의 말처럼 뒤가 있을 것 같고, 조직범죄로 수사를 하려 해도 절차상 걸리는 하자가 만만치 않았다.

'이거 먹자니 목구멍에 걸리고 손에서 놓자니 사탕을 뺏기는 기분이니. 참 기분 엿 같네.'

거실에 앉은 등청량의 고민은 길어졌다.

그때 노크가 울렸다.

호텔 방문이 열리며 의외의 사람이 방문했다.

"이 형사가 여기는 어쩐 일이오?"

등청량의 눈앞에 이영철이 서 있었다.

"사람을 이렇게 세워 놓을 참입니까? 사람 무안하게."

"들어오시오."

등청량은 한 걸음 물러나 길을 내 줬다. 그의 얼굴에는 일 말의 기대가 어렸다. 상욱이 보낸 것이 틀림없으니 대책을 가져옴 직했다.

이영철은 그대로 탁자로 걸어가 의자에 앉았다. 등청량도 맞은편 의자에 자리를 잡았다.

그러자 이영철이 품에서 종이 몇 장을 꺼냈다.

"우리 팀장님이 아마도 이것이 필요할 것이라고 했습니다."

"일단 봅시다. 전후 사정은 나중에 듣기로 하고."

종이를 건네받은 등청량이 읽어내려 갔다.

종이에는 석난경의 가족 사항부터 적혀 있었다.

"39세의 세무 공무원 남편과 사내 아이 둘이 딸린 워킹 맘에, 직장은 그녀를 체포한 전자 제품 하이얼 매장의 점주다?"

등청량이 석 장의 종이를 요약해 읽은 내용이다.

"가진 것이 많은 자는 잃을 것도 많죠."

"회유가 가능할까?"

두개의
심장을
가진자

"협박하기 나름이죠."

"통해야 할 텐데."

"우리 팀장이 말하길 조직의 연좌제를 물을 때 석난경과 함께 몇 사람을 빼 준다는 제의도 하랍니다."

"굳이 그럴 필요까지 있겠소?"

"배신자의 굴레를 혼자 짊어지기보다 몇 사람이 동조하는 쪽으로 가면 거부반응이 줄어들 것이라고 했습니다."

"면죄부를 주자…… 괜찮은 방안이기는 하군."

등청량은 잠시 앞뒤를 재더니 중얼거렸다.

"사람의 약점은 의외로 본인보다 주변에 있죠. 그 아픈 곳을 후벼 파내야 비명을 지를 일이죠."

이영철의 말에 등청량이 새삼스럽다는 얼굴로 바라봤다.

"잔인한 말이군."

"협박은 말뿐이고, 그 말로 인한 결과가 여러 사람의 생명과 직결된다면 백번이라도 할 용의가 있습니다만."

"그럼 이 형사가 나쁜 역할을 한 번 해 줘. 난 착한 공안이 될 테니까."

"외국인이 사법권도 없이 수사하면 진짜 협박 아닙니까?"

"어차피 거래가 범죄지 않소. 그리고 이 일은 그렇다치고, 언제 왔소?"

"여기 납살에는 이틀 전에 왔습니다."

"이틀 전에?"

"그동안 바빴습니다. 서장 공안청이 한국 범죄 세미나 마지막 예정지라 몇몇 강연회에 참석했고, 그걸 빌미로 우리 팀장이 던져 준 서혈회록 명단에 적힌 사람을 서장 공안청 직원들을 통해 인적 사항을 따라, 실제 거주 여부와 뒷배경을 확인하랴 정신없었습니다."

"쳇, 결국은 박 경감이 나에게 이 일을 전담시킨 것은 아니었단 말이군."

등청량은 혼잣말로 투덜거렸다. 괜히 입맛이 썼다.

상욱이 한국인이든 계급을 비교했든, 어쨌건 한 사람에게 완전한 신용을 받지 못한 것이다. 그가 누구에게 이렇게 신경을 써 본 적이 언제인가 생각이 들기도 했다.

"그 투덜거림, 대충 무슨 말인지 알겠는데요. 우리 팀장의 능력과 비교하지 마세요. 자괴감만 듭니다."

이영철도 쓴웃음을 지었다.

"그런가? 아무튼 오늘 석난경과 밀당에 힘 좀 써 주시오. 들어갑시다."

등청량이 자리에서 일어났다.

그는 이영철과 같이 석난경이 있는 작은 방으로 향했다.

쉐라톤 호텔 로비로 들어선 상욱이 난처한 얼굴이 되었다.

당당은 여전히 팔짱을 끼고 그의 어깨에 고개를 기대고 올려다보며 재잘거렸다.

두 개의
심장을
가진 자

"그러니까 내일 정말로 같이 가는 거야?"

이 모습을 당사륵이 도끼눈을 뜨고 바라보았다.

"커—흠."

심이 불편한 헛기침이 당사륵의 입에서 나왔다.

"어, 아빠— 헤헤, 나와 계셨네."

당당은 당사륵을 보더니 뽀르르 달려가 팔에 매달렸다.

"당 문주를 뵙습니다."

상욱은 정중히 허리를 숙였다.

"늦었구나, 들어가자."

당사륵은 상욱을 안중에 두지 않고 당당을 재촉했다.

"알았어요, 아빠."

당당은 당사륵의 팔을 놓고 상욱을 향해 손을 흔들고는 오른손 엄지와 소지를 펴고 흔들었다. 전화하라는 뜻이다.

상욱은 그 모습에 어색하게 웃었다. 연애하는 여자의 아버지는 친구보다 경쟁자일 가능성이 더 컸다.

다행히 당사륵은 방관자에 가까웠다. 당사륵이 당당과 함께 호텔 룸으로 올라가기 전까지.

두 모녀가 사라지자 호텔 로비에서 상욱을 지켜보던 노년의 사내가 다가왔다.

"난 당당의 큰삼촌 당사명일세. 시간이 있는가?"

일방적인 통보였지만 상욱은 기꺼이 응했다.

"네."

"따라오게."

당사명은 등을 돌려 호텔 지하로 내려갔다.

지하는 바였다. 실내의 잔잔한 재즈와 가구는 서장과는 어울리지 않는 감흥을 선사했다.

안내된 자리는 내실로, 미리 술자리가 마련되어 있었다.

"한국인이라 들었네."

당사명이 먼저 물으며 술잔을 따랐다.

"제 이야기는 거의 알고 계실 것입니다. 특별한 구석 없는 형사입니다."

"겸손이 심하군. 내 남녀 일은 관심이 없네만 조카 일이라 그대에게 관심이 많네. 오늘 베이징의 고위직 공안을 가주에게 보낸 것까지. 그리고 서문혜 문제도 그대를 중심으로 돌아가고 있으니 말이야. 능력이 좋은 것인가, 아니면 서문혜를 움직일 만한 조직의 누구인가?"

당사명은 긴말을 했는데, 심중의 의문을 말할 정도면 당문이 그에 대한 의심을 거둔 모양이었다.

"저에 대한 오해가 풀어졌습니까?"

"뭔 말을 못하겠군, 생각을 두세 수 앞서가니. 그렇다네, 여러 경로를 통해 그대를 알아봤네. 공안, 아니 그대 나라에서 경찰이라고 부른다지. 그곳에서 대단하더군."

"과찬이십니다."

"내가 좀 앞선 말이네만, 당문으로 오게."

두 개의
심장을
가진 자

"죄송합니다."

상욱은 일말의 망설임 없이 거절했다.

"망설임조차 없군. 어쨌건 오늘은 늦었으니 그만하세. 다만 아침에 가형을 뵈었으면 하네."

술 한 잔과 칭찬 그리고 회유는 구실이었을 뿐이었다. 결국 상욱을 당 문주와 독대시키기 위한 수순에 불과했다.

"아침에 선약이 있습니다. 대신 오전 중에 방문하겠습니다."

"당 문주보다 중요한 약속이라?"

당사명은 자존심이 상해 빈정거리는 어투로 중얼거렸다.

"늦은 시간에 대접받고 갑니다."

상욱이 먼저 일어났다.

"대접은, 내일 오전에 방문하는 것으로 알겠네."

당사명이 손을 내밀었다.

상욱이 손을 잡아 악수를 하자 손아귀에 힘을 주었다. 마치 당문이 상욱에게 끈끈함을 표시하는 것 같았다.

상욱은 이른 아침 식사를 하고 뉴 센트리 호텔을 나서서 납살공항으로 갔다.

휑한 공항에는 관광객보다 스님이 더 많았다.

상욱은 대합실에 앉아 그가 기다리는 손님에 대해서 생각했다.

나흘 전으로 기억의 테이프가 감겼다.

사천의 성두로 소림의 능진, 능행 두 장로가 그를 찾아왔다.

소림사에서 마지막 날 상욱은 마암굴에서 원화로부터 깨달음의 단초를 얻었고 현경의 경지와 같은 도추지경道樞之境에 접근했다.

그 파장으로, 모든 것을 내려놨다고 여겼던 두 노승은 그날 마음에 자극을 받았다.

마암굴에서 두 노승은 상욱과 짧은 마주침을 뒤로했을 때 원화 몰래 능행이 전음을 보내왔다.

두 노승은 만남을 원했다.

상욱은 안 만날 이유가 없어 기꺼이 응했고, 오늘로부터 사흘 전에 이르러서야 대면했다.

두 노승은 뻔뻔한 면이 있었다.

그들은 상욱이 원화로부터 소림의 무공을 전수받고 깨달음을 얻어 현경의 경지에 가까워졌다고 오해를 했다. 당연히 그 무공이 소림으로 돌아와야 한다고 말했다.

상욱은 그러라고 했다. 대신 그도 부탁을 하나 들어주는 조건을 제시했다.

결국 능진, 능행 두 노승과 거래와 같은 약속이 성사됐다.

사실 상욱은 손해 볼 일이 없었다.

원화에게 받은 가르침은 무공이나 초식이 아니라 무공의 경험과 운용의 묘였다.

원화가 소림72종예 중 반선수 36초식을 선보인 것은 다만 그 과정에서 파생한 형식에 지나지 않았다.

그런데 능진 등은 무공을 원했고, 상욱은 사천에 있는 소림의 속가에서 반선수 36초식을 펼쳤다.

소림의 두 장로는 상욱이 펼치는 반선수를 보며 한동안 실망감을 감추지 못했다.

그들 역시 소림72종예의 하나인 반선수를 익혔던 터라 상욱의 무공에서 특별함을 찾을 수 없었다.

어찌 보면 그들은 마음에 정해 놓은 덫에 걸려 있었다.

그리고 상욱은 그 대가로 삼파의 납치 사건과 관련해서 서장에서 일어났던 일을 설명하고, 천산파를 조사하기 위해 서장의 나곡현까지 동행을 약속 받았다.

그의 상념은 멀리 보이는 소림의 전대 장로이자 능자 배 노승 둘을 보며 깨졌다.

그들은 상욱을 보며 반장을 했다.

"먼 길 오시느라 고생입니다."

상욱도 다가가 합장을 했다.

"따지고 보면 원화 사숙께서 시주에게 지운 짐이 아닌가. 소림이 거들지 않으면 누가 거들겠나. 약속도 있고."

덩치에 맞지 않게 능행이 겸연쩍은 얼굴로 말했다.

그때 뒤에 있던 능진이 말을 헛기침으로 끊고 끼어들었다.

"크흠, 사제."

"이런, 정신하고는. 오는 길에 구파와 오대 세가에 연통을 넣었더니, 화산과 제갈세가가 먼저 나섰네. 청암 시주."

멀찍이 떨어져서 상욱과 능진, 능행 두 노승을 바라보던 노인이 다가왔다.

"화산의 청암이란 늙은 도사일세."

색이 바랜 양복은 어색해 남의 옷 같았지만 정광이 이는 눈빛은 카랑카랑한 목소리와 대조적이었다. 전체적으로 강퍅했다.

"박상욱입니다."

상욱은 정중히 인사했다.

"소림의 능진 도우에게 서장으로 파견 나갔던 구파와 세가 사람들의 주검에 대해 들었네. 그중에는 내 사질 광수도 포함되어 있어 그러네. 그 이야기를 해 준 자가 당 문주가 확실한가?"

청암이 불문곡직 상욱에게 물어 왔다.

그 말에 상욱은 당사륵의 말을 요약해 전했다.

당시 파견자들은 4년에 걸쳐 모두 전쟁터에서 죽거나 실종되었고, 당 문주를 비롯한 네 명의 생존자는 구명의 은혜 때문에 입을 다물 수밖에 없었던 사연을 전했다.

이 내용은 청암도 소림의 능진에게 들은 터라 그는 말이 없어졌다.

"신선께서 더 하실 말씀이 없으면 장소를 이동하겠습니다."

상욱은 능진, 능행 두 노승과 청암을 번갈아 보며 물었다.

"신선은 무슨 신선, 그냥 청암이라 부르게. 그리고 당 문주에게 가는 것이 아니라면 여기서 헤어짐세."

"청암의 고집을 누가 말릴까. 당 문주에게 갈 거야. 그렇지 않나?"

능행이 상욱에게 확인을 했다.

"네."

대답을 한 상욱은 세 노인을 모시고 공항 입구에서 대기 중인 택시를 탔다.

택시 안에서 상욱은 당당에게 연락을 했다.

"나요."

─오전 중에 놀라게 해 준다더니 전화예요?

"소림과 화산에서 전대 장로분들이 오셨소."

─네?

"며칠 전 사천에 머물며 구파와 오대 세가에 도움을 청했소."

─아버지와 삼파 분들도 모르는 일이잖아요.

"당 문주께는 미안한 일이지만, 나중에 일처리가 끝나면 더한 원망을 듣지 않겠소?"

ㅡ…….

수화기 너머로 당당의 말이 끊어졌다.

당문 입장에서는 당연히 납치당한 삼파와 당 문주만이 납치 사건의 당사자로만 생각했다.

하지만 사천의 성두 서장에서 일어났던 과거지사를 꺼내지 않았다면 모를까, 천산파의 서문보군의 마공과 그가 행한 만행이 나온 이상, 그로 인해 희생당한 구파와 오대 세가의 일이 되어 버렸다.

"당당?"

상욱이 당당을 불렀다.

ㅡ확실히 그 부분은 간과했네요. 아버지에게 말씀드리고 기다릴게요.

차분해진 당당의 말을 듣고 상욱은 전화를 끊었다.

소림사 노장로들의 방문으로 당당을 놀라게 하려던 깜짝 쇼는 청담의 가세로 더해졌다.

뭐, 당문의 분위기가 어찌 될지는 관심 밖인 그였다. 그리고 달리는 택시 안은 냉랭했다.

"후ㅡ우."

청암이 깊은 한숨을 토해 내더니 어깨가 가라앉았다.

택시는 이내 쉐라톤 호텔에 도착했다.

"이렇게 걸음 하실 줄은 몰랐습니다."

호텔 입구까지 마중 나와 세 노인을 맞는 당사륵의 얼굴에 난처함이 가득했다.

"내 당 문주를 보면 할 말이 많았는데 그도 아니군."

청암이 택시에서 내리자마자 당사특과 한바탕할 것 같더니 의외의 말을 했다.

그는 택시 안에서 돌이켜 보니 사질의 주검에 무관심했던 이기주의자에 불과했다. 그래서 크게 자책하는 한숨을 내쉬었던 것이었다.

과거가 아련히 떠올랐었다. 유골을 받고 눈물 몇 방울에 사질의 주검을 묻어 버렸다. 어떻게, 왜 죽었는지도 묻지 않았다.

전장에서 총 맞아 죽었거니 해 버렸으니 진정이 없었던 소인배였다. 남을 탓할 처지가 아니었다.

화내고 쫓아가다

쉐라톤 호텔 회의실.

소림의 18나한 동인 4인과 무당파의 장문인 유현득과 다섯 명의 장로들 그리고 청성파 세검장주의 동생 이태후를 비롯한 무림 인사들 서른 명이 앉아 있었다.

그들은 소림의 노장로 능행과 능진 그리고 화산의 청암이 회의실에 들어서자 일어났다.

"장로들이 여기까지? 진짜였군."

각화는 달마원의 두 장로를 보며 두 눈을 크게 떴다.

사조뻘인 그들은 좀처럼 달마원을 떠나지 않았다. 그래서 당사특의 두 장로가 온다는 말에 반신반의하고 있었던 것이다.

무당의 장문인 유현득도 상욱의 수단이 이리 대담할 줄 몰랐던 터라 소림과 화산 장로들 넘어 상욱을 주시했다.

　　"사람을 세워 놓고 구경할 참인가?"

　　청암의 타박이 있었다. 다들 놀라 경황이 없었다.

　　"이쪽으로 가시죠."

　　당사륵이 급히 회의실 상석으로 세 노인을 모셨다.

　　"난 참으로 서운한 감정을 감추지 못하겠소."

　　청암은 자리에 앉자 작정한 말을 토했다.

　　"삼파와 당문을 대신해서 다른 구파와 오대 세가에게 죄를 청합니다."

　　각화가 일어나 청암에게 반장半掌을 하며 허리를 깊게 숙였다.

　　"흥, 왜 이런 말이 그동안 없었는지 전후 사정을 대략 들었네만, 그 말이 사실인지 확인하고 싶네."

　　청암의 날카로운 말과 눈빛이 당사륵을 추궁했다.

　　"망자를 기리는 예로써는 의당 연통을 넣었어야 하나, 은인과의 약속으로 함구해야만 했습니다."

　　당사륵은 확인을 해 줬지만 말에 꿀림은 없고 당당했다.

　　"끙."

　　수그러졌던 분노가 치민 청암이 된소리를 내며 화를 삭였다.

　　"이보시게, 청암, 오면서 뭐라 했던가. 화낼 대상이 천산

두 개의
삼장을
가진 자

파의 죽은 서문보군이란 자라고 스스로 이야기하지 않았나. 애먼 사람 잡지 말고 뒷이야기를 들어 보세."

"뒷이야기야 뻔하지 않소. 천산파가 삼파와 당문에 구원舊怨을 갖고 장로들 셋을 납치했으니 그들을 찾아가 죄를 묻자는 말이 아니오."

능진이 나서서 청암을 다독였지만 화가 가라앉지 않는 모양새다.

"당연한 말이 아닌가."

"그렇다고 해도 천산파의 잔당이 어디에 있는지 알지 못하지 않은가?"

"그렇지 않습니다. 새로운 소식이 있습니다."

당사륵이 상욱을 일별하고는 청암에게 말했다.

"새로운 소식?"

무당의 장문인 유현득이 청암보다 먼저 나섰다.

그가 연락 받기를 소림과 화산의 노 장로 셋이 방문하고, 할 말이 있다 들었다. 그 할 말에 새로운 정보가 담겨 있을 줄은 몰랐다.

"서장에 오기 전부터 딸아이가 저기 박상욱 군의 도움을 받아 첨단 장비와 통신망으로 정보를 수집했습니다. 소득이 아예 없지 않아 천산파 쪽의 몇몇을 뒤쫓고 있었습니다. 그 와중에 한국에서 온 네 명의 노사들이 나곡현 주변에서 서혈회록이라는, 천산파를 주축으로 한 사모임의 정보를 입수했습니다.”

“서혈회?”

“서혈?”

삼파의 장로들과 소림과 화산의 전대 장로 세 사람이 이구동성으로 당사륵의 말에 반문했다.

“저도 오늘 이른 새벽에서야 딸아이에게 들은 말입니다.”

당사륵은 말을 하며 회의실 밖을 향해 손짓을 했다.

때마침 당당이 손에 서류 뭉치를 들고 왔다.

“나눠 드려라.”

그는 곁에 다가온 당당에게 말했고 당당은 열 부의 서류를 삼파의 수뇌와 노장로 셋에게 전달했다.

“서혈회록의 일부를 사진으로 출력한 것입니다. 내용은 서혈회의 목적과 연판장 명단입니다. 아버님의 말씀보다 한 번 읽어 보시는 것이 나을 법해서 가져왔습니다.”

당당의 말에 다들 고개를 숙이고 서류를 봤다. 서류를 받은 사람 좌우에서는 어깨 너머로 서류를 살폈다.

2분도 지나지 않아 그들의 얼굴은 붉게 달아올랐다.

서혈회칙에는 구파와 오대 세가에 서문보군의 죽음을 묻기 위해 중요 인사를 암살하고, 세력을 확장할 계획이 적혀 있었다.

그리고 나곡현에서 몇몇 수뇌와 50인에 가까운 사람들의 연판 수결이 찍힌 사진을 끝으로 서류가 끝나 있었다.

다들 심각한 얼굴이 되었다.

암도진창暗渡陣倉이라 했다. 은밀히 뒤로 돌아가 숨어서 해 오는 공격은 피하기 쉽지 않는 법이다.

서혈회록이 발견되지 않았다면 누군가는 해코지를 당하고도 남을 일이었다.

"나곡현이라 했던가?"

무당 장문인 유현득이 벌떡 일어났다. 그는 당장이라도 나곡현으로 달려갈 기세였다.

그러나 그에 동조할 소림과 청성 그리고 당문이 아니었다.

"정작 중요한 자는 회주 서문혜입니다, 유 장문인."

각화가 유현득에게 조용히 말하며 유현득의 소매를 잡아 끌었다.

"그 씹어 먹어도 시원치 않은 마녀는 분명 천산파가 있는 나곡현에 있을 것이오."

유현득은 장문인 신분에 맞지 않게 흥분하고 있었다. 그만 큼 사제 문회의 그림자가 컸다. 그가 무당파의 재정을 이끌어 왔으니 그 답답함을 이해할 만도 했다.

어쨌든 화를 낸다고 도움이 될 일도 아니고 다른 구파나 오대 세가에서 알아줄 일도 아니었다. 그는 분기를 삭히며 주저앉았다.

"서문혜를 찾으려면 결국 아래에서부터 천산파 사람들을 쳐 나가야 한다는 말이군."

청암이 곰곰이 골몰하며 품었던 말을 했다.

"그나마 다행이 용의선상에 이름을 올리고 있는 이름 중에 한 사람을 잡았습니다."

당사륵의 말은 회의장 분위기를 확 바꿨다.

"그자가 누구요?"

"추궁을 해 보았소?"

"서문혜의 행방을 아는 것이오?"

마음이 급한 삼파의 장로들이 당사륵에게 두서없이 물어 왔다.

"당문이 그자를 잡아들인 것이 아니오. 저기 박상욱 군이 베이징 공안청 형사부직과 함께 조직범죄를 빌미로 검거하고 추궁하고 있소이다."

당사륵이 상욱을 지목하자 이번에는 질문의 화살이 상욱에게 쏟아졌다.

"묻겠네. 왜 베이징 형사부직이 서문혜의 행방을 알고 있는 사람을 데려갔는가? 자백이라도 받을 자신이 있었나?"

무당 장문인의 목소리에 가시가 돋쳤다.

상욱의 얼굴이 잠시 어이없는 표정이 되었다. 그리고 잠시 침묵이 흘렀다.

'참으로 자기밖에 모르는 인사로군.'

상욱은 화가 잔뜩 올랐다.

무당파 장문인 유현득이 지금까지 한 일이라고는 짜증과

두 개의 심장을 가진 자

거드름밖에 없었다.

그는 일문의 수장이 아닌가.

자고로 권위란 그 직에 있으며 두루 살피고 챙겼을 때 나오는 것.

위인이 한심하다는 생각이 들 때쯤은 회의장 분위기가 이상해져 있었다.

"크흠."

청암이 크게 헛기침을 하며 두 눈을 동그랗게 뜨고 상욱을 바라봤다.

상욱이 내공을 끌어올리지는 않았지만 현경과 같은 도추지경에 근접했고, 그에 따른 위엄은 남다를 수밖에 없었다.

게다가 그가 정색을 하니 위압감이 회의장을 만근의 바위산이 찍어 누른 듯했다.

다른 사람들은 눈치채지 못했지만, 화산의 전대 장로 청암만은 회의장의 무거운 분위기가 상욱으로부터 나온다는 사실을 피부로 느꼈다.

소림의 두 전대 장로야 이미 알고 있는 사실이라 함구할 뿐이었다.

상욱은 당당이 비틀거리는 모습을 보이자 기세를 가라앉혔다.

이 상황을 모르는 회의실의 삼파와 당문의 사람들은 답답함이 사라지자 의아함이 들었지만, 회의실로 들어오는 사내로 인해 시선이 그에게 쏠렸다.

이영철이었다.

그는 회의 중이라 허리를 숙여 시선을 피한다고 했으나 상욱를 주시하고 있던 상황이라 오히려 상욱을 주목하게 됐다.

그러건 말건 이영철은 상욱의 귀에 몇 마디를 건넸다.

그러자 고개를 끄덕인 상욱이 좌중을 쭉 보더니 입을 달싹거렸다.

─삼파와 당문 수뇌부에게만 드릴 말씀이 있습니다.

그의 말은 소림의 각화, 무당 장문인 유현득, 세검장 부장주 이태후 그리고 소림과 화산의 세 노장로에게만 동시에 전달됐다.

전음입밀 최고의 수법인 육합전성이었다.

유현득은 상욱의 말을 듣고 짜증을 내려다 멈칫했다.

삼파의 수장 격인 사람들과 소림과 화산의 노장로들이 동시에 수긍의 표시를 하는 것이다.

전음입밀을 들으며 변방의 인물이 제법이라는 생각을 했는데, 육합전성이라도 받은 양 각파의 수뇌부가 고개를 끄덕이지 않는가.

그때부터 유현득의 얼굴은 자못 심각해졌다. 그는 일단 상욱을 중심으로 두고 요 며칠간의 상황을 정리해 봤다.

억지를 썼지만 사제 문회의 실종에 대한 해결의 실마리는 눈앞의 이 젊은이가 제공했다. 돌이켜 보건대 사천에서도 당

문주 당사륵을 움직여 이곳 서장으로 오게 했다.

그리고 가당치도 않게 당사륵이 미끼를 자청하게 만들었다.

여기까지만 따지면 이 젊은이의 언변과 수단 그리고 판단력은 발군이었다. 방금까지 그렇게만 생각했다.

그래서 기억을 뒤로 돌려 봤다.

소림 18나한 동인 명법정화 각자 배 사형제들이 상욱을 대하는 태도는 그와 차이가 없었다.

당 문주 당사륵도 그렇다. 친밀하지는 않지만 면식이 제법인 그는 오만한 성격으로 타인의 말을 새겨듣는 자가 아니었다. 아무리 양보해도 말이다.

그런데 문지방 아래 개처럼 박상욱의 손짓에 따라 요리조리 움직이고 있다.

여기에 소림과 청성 노장로 셋의 태도도 마음에 걸렸다.

옛날과 달리 세가 무너진 무당이라지만 그는 장문인이다. 한데 젊은이를 더 우위에 놓고 대하니 일말의 걸림돌이 놓였다.

'그만큼 껄끄럽다는 뜻인데…… 나만 모르는 것이 있나?'

유현득은 책상에 괸 오른팔로 앞머리를 짚었다. 그도 모르는, 고민할 때의 버릇이 나왔다.

'진짜 육합전성이라도 썼다면.'

등골이 오싹했다. 나이가 어쩌네, 배분이 어떻다 해도 무림은 무공으로 말한다.

육합전성이라면 화경의 끝을 바라보는 경지.

믿을 수 없는 일이지만 이국의 젊은이가 화경이라면 세력과 관계없이 무당을 겁박할 수 있다.

"이보시오, 무당 장문인."

"응?"

"무당은 어찌하겠소?"

"뭘 말이오?"

당사륵이 그를 불러 물었는데, 박상욱에 대해 골몰하느라 듣지를 못했다.

"제자들을 내보내고 수뇌부만 남아 대화를 하자는 것 말이오."

"나, 난 괜찮소."

유현득이 서둘러 답했다. 그러곤 뒤돌아보며 손짓을 했다.

그의 제자 강인준이 뒤에 서 있다가 무당파 사람들을 데리고 회의장을 나가자, 큰 실내가 횅해졌다.

"제자들을 다 내보내라고 했는데, 이유가 있을 것이네."

당사륵이 회의장을 둘러보며 상욱에게 말했다.

회의장에는 그와 무당 장문인 그리고 소림의 각화, 세검장 이태후와 소림과 청성의 세 노장로만이 남아 상욱을 봤다.

"서문혜가 주축이 된 서혈회의 요인을 잡았습니다. 그녀가 여기로 와 서혈회 상황에 대해서 말할 것입니다."

"그사이 설득을 했는가?"

청암이 물었다.

"여기 이 사람과 등청량 경독이 애를 썼습니다."

상욱이 이영철을 보며 말했다.

"그녀라…… 잡았다던 서혈회의 요인이 여자였던가? 그녀는 어디에 있지?"

각화가 중얼거리다 오랜만에 입을 열었다.

"등청량 경독과 같이 이곳으로 오고 있습니다."

"수뇌부를 제외하고 모두 회의장에서 내보낸 이유가 거기에 있었던가?"

"서혈회로 회의장에서 말이 전해지는 것을 방지하고, 서혈회 상황을 말해 줄 여자가 많은 사람들 앞에 서는 부담을 줄여 주기 위해서라도 그렇습니다."

탁-.

그때 문이 열리고 닫혔다.

상욱과 각화의 대화가 끊기고 시선이 회의장 문으로 향했다.

등청량이 석난경을 데리고 들어왔다. 석난경은 잠시 멈칫했지만 아랫입술을 깨물더니 회의장 가운데로 가 섰다.

"그대는 서혈회의 사람이 맞는가?"

청암이 나섰다.

"네."

석난경이 짧게 대답했다.

"단도직입으로 묻겠네. 서문혜는 어디에 있고 천산파에는 누가 있는가?"

"회주는 어디에 있는지 모르지만, 천산파로 전 제자들이 이틀 내에 모이기로 약조가 되어 있어요."

"그렇다면…….."

청암의 질문은 계속되었다.

그리고 회의장은 오전 내내 대화가 오갔고, 오후가 되자 소림을 비롯한 삼파와 당문 사람들이 단체로 버스를 탔다.

같은 시간, 천산 토로번분지 이리곡지.

"하—아, De la sangre roja y la maldición 하—아, de la maldición."

거친 숨소리와 괴상한 언어가 어둠을 좀먹었다.

으드득.

뼈가 갈리는 소리도 가끔씩 들렸다.

그런 시간이 어둠과 같이 흘러 짧은 시간도 억겁같이 느껴졌다.

우르르.

어둠과 정적의 끝은 주위를 흔드는 진동으로부터 시작했다.

화—악.

어둠을 꿰뚫는 광망이 두 개가 자리했다. 그러자 사방이 희미한 윤곽을 드러냈다.

사방 10미터의 어두운 석실에 나신의 여자가 결가부좌를 틀고 앉아 있었다. 바닥은 암반을 파내고 검붉은 액체가 가득한 것이 필시 사람의 피와 같았다.

그리고 암실의 끝에는 세 사람이 가슴이 열려 심장을 잃은 채 싸늘한 시체가 되어 있었다.

그들은 삼파에서 그렇게 찾고 있는 장로와 세검장의 장주였다.

이 모든 것을 볼 수 있는 빛의 근원은 그녀의 동공에서 뿜어진 광망이었다.

하얗게 뒤집어진 눈자위는 기괴할 뿐 아니라 사악함으로 물들어 있었다. 더불어 이내 웅얼거리는 언어는 인세의 것과는 거리가 멀었다.

상체를 앞뒤로 흔들며 호흡과 언어가 리듬을 타며 주문呪文이 되었다.

휘이잉.

검붉은 핏덩이가 와류를 형성하며 여자를 중심으로 모여들더니, 생명체처럼 타고 어깨까지 올랐다.

핏덩이가 사라진 암반 위에는 오망성이 그려져 있었는데, 그곳이 발광을 하며 암실을 환하게 밝혔다.

이 와중에도 여자는 온몸이 절로 떨려도 쉼 없이 주문을 외었다. 그리고 어깨까지 타고 올라온 핏덩이는 가는 줄기가 되어 여자의 콧구멍으로 빨려 들어갔다.

그녀는 피로 인해 기도가 막혀 호흡이 곤란해지자, 입을 벌려 숨을 내쉬고 들이마시며 주문을 끊지 않았다.

그러길 한참, 괴사가 일어났다.

여자의 나신으로 핏덩이가 빨려 올라간 암반 주위로, 오망성을 감싸는 원형의 기형 도형이 붉은 빛과 함께 치솟았다.

"크아악!"

비명과 함께 여자의 입이 쩍 벌어지고, 콧구멍으로 들어가던 핏덩이가 입으로도 꾸역꾸역 들어갔다.

인간이 흡수하기에는 불가능한 양의 피는 종내에는 코와 입뿐만이 아니라 피부로도 빨려 들어갔다.

붉은 빛과 검붉은 핏덩이가 여자의 몸에 안착이 되며 그녀는 기괴하게 변해 갔다.

풍선처럼 부풀어 오른 얼굴과 미쉐린 타이어 로고 같은 몸매로 빵빵해졌다. 이대로 몸이 터져 버릴 것 같았다.

"카르르륵."

그때 여자의 입에서 거품을 무는 소리와 주문이 맞물려 토해졌다. 그러자 3미터 높이의 천장에 박힌 주먹 크기의 원형 구체가 회갈색 빛을 토하며 여자를 감쌌다.

여자는 목뼈가 천장을 향해 고개를 젖혔고, 턱이 있는 하악골이 탈구되며 입이 쩍 드러났다.

콰—아.

여자의 입안에서 핏덩어리가 요동을 치며 벅벅거렸다. 자석의 반대 극을 향해 끌리듯 핏덩이는 회갈색 빛을 발하는 구체를 향해 튀어 오르려 했다.

천장에서 회갈색 빛을 발하는 구체도 핏덩이에 끌려 색의 농도가 진해졌다.

으르르릉.

천장이 흔들리며 울었다. 아니 회갈색 구체가 여자를 향해 뻗어 나가려는 힘에 천장이 흔들렸다. 그러다 회갈색 구체에서 빛을 방사했다.

그 빛은 기둥이 되어 여자의 입으로 들어갔다.

가부좌를 틀었던 여자의 몸이 천천히 들리더니, 허공에서 팔다리가 펴지고 목을 맨 시체처럼 아등바등했다.

하지만 빛의 기둥은 여전히 목구멍을 통해 육체 안으로 파고들었다. 빛은 가슴을 통과해 여자의 아랫배에 쌓이며 뭉쳐졌다.

피륙을 투과할 수 없는 빛은 강력하게 발산되어 풍선처럼 부푼 여자의 온몸을 커튼을 사이에 둔 것처럼 비췄다.

온몸의 실핏줄과 장기들이 고스란히 드러났다.

280그램의 심장은 미친 듯이 뛰었고, 펌프질 당한 피는 홍수에 범람한 강물처럼 거칠고 빠르게 흘렀다.

신장의 양 위쪽 부신에서는 호르몬이 폭발적으로 분출했

고, 인체의 신진대사는 급격히 빨라졌다.

그러자 장기를 포함한 모든 근육, 심지어 자율신경 근육까지 쥐어 짜이고 비틀렸다.

"아—아악!"

여자는 고통에 비명을 토했다. 그렇다고 고통이 줄어들 리가 없었다. 또한 괴이한 현상이 끝나지도 않았다.

오히려 육체에 변이가 심해지면서 고통이 더욱 심해졌다. 끝으로 여자는 정신을 잃었다.

하지만 괴사는 여기서 끝나지 않았다.

천장에 달린 구체에서 빛을 다 토하고 사라지자 이번에는 벌려진 여자의 입에서 어둠마저 삼킬 검은 악기惡氣가 물컹물컹 품어져 나왔다.

그 사악한 기운이 여자의 온몸을 휘감더니 육체 안으로 스며들었다. 이것은 아득히 먼 행성 고란의 마계에서 마족이 변이하는 과정과 흡사했다.

이 여자, 서문혜는 이때 정신이 돌아왔다.

그녀는 허공에서 천천히 내려와 결가부좌를 틀며 천산마공의 운기법에 따라 조식을 했다.

고통이 여전히 온몸을 지배했지만 참고 견뎠다.

서문혜는 이 고통을 초래한 과거가 아련히 떠올랐다. 욕심이 문제였다.

19세 젊은 그녀는 꽃다웠다.

천산파에서는 그녀를 떠받들었고, 현縣에서는 그녀와 결혼하고 싶어 하는 총각이 널려 있었다.

하지만 그녀 눈에 차는 남자가 없었다.

그때 종규가 나타났다.

젊은 그는 서장자치군의 사령부 참모장 겸 특수부대의 부대장이었다. 무엇보다 그녀가 그를 좋아하는 이유가, 그녀의 아버지 서문보군의 직속상관이었기 때문이었다.

그녀는 그녀의 미모만큼 권력과 부가 있어야 한다고 생각했고, 그 사람이 종규였다.

사랑인지 욕망인지 모를 꿈은 이루어지는 듯했다.

종규에게 몸을 주고 결혼을 확신했다. 그 인연으로 그녀의 아버지 서문보군은 그녀를 통해 종규로부터 천산신공을 속성으로 이룰 수 있는 비책도 얻었다.

그 방법은 무척 잔인한 것으로, 인간의 정혈을 흡수하는 흡성대법과 유사한 이혈흡기법이었다.

서문보군은 잠시 망설였지만 이혈흡기법을 익혔다.

어차피 당시 서문보군은 인도군과 맥라인 전선을 중심으로 적들을 죽이고 적에게 죽는 전쟁터의 중심에 서 있었다.

그런데 몇 년 만에 구파와 오대 세가에서 지원 나온 이들에게 서문보군이 살해를 당했다.

전후 사정은 알고 싶지 않았다. 복수만을 생각했다.

그러나 그녀의 인생은 이미 비참해져 버렸다.

종규는 부임 기간이 만료되자 이별 통보도 없이 떠나 버렸다. 그리고 며칠 후 임신한 사실을 알았다.

산산이 쪼개져 버린 천산파는 그녀에게 도움이 되지 못했다. 몇몇 문도들이 그녀를 챙겼지만 꿈은 야구공에 깨진 창처럼 휑하니 뚫렸다.

서장에서 천산파 제자 몇 명으로는 할 수 있는 일이 없었다.

사내아이를 낳자마자 그녀는 베이징으로 상경했다. 몇 년 후 종규도 만났지만 정이 생길 리가 없었다.

그녀는 욕망의 화신이 되어 종규를 통해 얻은 인맥과 자금으로 기루를 운영하며 정보를 모았고 권력에 기대었다.

위지 가문의 수장이자 공안부장인 위지동아를 꿰차고 중국 공안부를 좌지우지했다. 그때가 마흔의 나이였다.

그 나이와 위치가 되니 복수에 눈이 돌아 미쳤다.

그렇게 20년, 서장을 오가며 서혈회를 만들고 나니 혈육이 눈에 밟혔다.

그래서 찾은 아들이 베이징 보석 절도 사건으로 공항에서 사이안산을 먹고 자살한 장진명이었다.

물론 그녀는 아들에게 천산신공과 무공을 가르쳤지만, 복수하기에는 자질이 부족하고 근성이 나약했다.

그녀는 아버지에 이어 아들에게 이혈흡기법을 배우게 해서 천산신공을 뛰어넘어 도약할 수 있도록 준비하려 했다.

두 개의
심장을
가진 자

그런데 그 아들이 죽었다.

분노가 아들의 자리를 대신하게 됐다.

천산파의 비밀 연공실이 있는 토로번의 이리곡지에서 1천 명의 동남동녀의 피를 뽑아 약재와 같이 정제한 백혈과 이혈 흡기대법에 쓰기 위해 납치한 삼파의 세 장로를 대동하고 폐관에 들었다.

이혈흡기대법은 종규가 그녀의 아버지에게 내줬던 이혈흡기법을 응용한 것으로, 그녀는 삼파 세 장로의 심장을 파내고 한 방울의 피까지 짜내 만든 사이한 대법을 펼쳤다.

이 대법에 부작용이 있을 줄은 알았지만 이렇게 심할 줄은 몰랐다.

온몸이 부풀어 오르고 심장이 터질 경지까지 갔다. 그래도 호흡만은 천산신공에 맞췄다.

죽음이 머리에서 스칠 때 때마침 진陣을 구성하는 백혈이 천장에서 빛을 발하며 그녀에게 흡수됐다.

삼파의 세 장로의 넘치는 뜨거운 진혈의 기운을 백혈이 차갑게 가라앉혀 주었다. 음양의 기운이 맞물리며 단전이 크게 확장되었다.

마공으로 변질된 천산신공은 본시 내공 축기가 힘들고 4단계까지 진전이 더딜 뿐이지, 그 후로는 신공이라 할 만한 능력을 갖고 있었다.

물론 4단공의 경계가 부지런히 운기조식을 해야 나이 50

에나 이르기 때문에 천산파에서는 화경의 고수를 찾기 힘들었다.

그 원인을 찾자면 천산파의 시조인 천산삼선 중 검선 이자명에게 있었다.

그의 독문심법이었던 천산신공은 세상의 이치를 품고 있어 깨닫고 몸에 새기는 도인의 길을 가는 지난한 과정이었다. 그러던 것을 이자명이 영물인 천년빙화와 만년화리의 기연을 기반으로 크게 성장을 해 일가를 이루었다.

일례로 기연을 얻기 전까지 검선 이자명은 조금 뛰어난 방랑거사에 불과했었다.

결국 그 간극을 메우기 위해 서문혜는 잔악한 수를 마다하지 않았고, 그녀의 부친 역시 그러했다.

어찌됐든 내공의 기반이 마공이었지만 그 흠결을 무시할 천산신공이기에 큰 성취가 있었다.

서문혜는 운기조식을 할수록 단전이 확장되며 신체의 신진대사 속도가 빨라지는 느낌을 받았다.

무려 내공이 7단공까지 오르며 화경을 훌쩍 넘어 버렸다.

천산파의 무공을 다 알고 있었지만 일천한 내공으로 펼치지 못했던 것들이 대부분이었는데, 손발이 자유로워지자 뜻이 곧 초식이고 행동이었다.

검선 이자명의 천산신공과 독문검술 척천홍예검, 투선 탁영곽의 굉투철로72로, 지선 황조가 자연을 담은 이상의 무예

두 개의
심장을
가진 자

공진멸의 3초식 중 1초식 반이 뜻대로 갔다.

암동에서 일어난 그녀는 검을 뽑아 들고 한참을 베며 찔렀고, 손과 발을 뻗고 때렸다.

원하는 대로 움직였다. 오죽하면 내공을 쓰지 않아도 신체가 허공을 점했다.

흡사 공기를 타고 나는 서양의 마녀를 눈 아래 두었다. 그러다 보니 의식이 몸을 지배하고 몸은 상상을 초월하며 한계를 거듭 넘었다.

바위를 내공을 수발해 마음을 축으로 이기어검처럼 움직이는 게 가능해졌다.

"호호호!"

절로 웃음이 토해졌다.

이리 통쾌한 적이 언제였던가?

죽은 아들 장진명은 머리에서 떠났고, 이 힘을 맘껏 누려야만 하겠단 생각이 전부였다.

그러자 천신파로 불러들였던 문도들이 눈에 찼다. 좋기만 했다. 이 권력과 능력을 그들과 펼치고만 싶었다.

그리고 더 큰 힘이 필요했다. 큰 힘은 피와 연결되어 있고, 그걸 유지하기 위해서는 더 큰 세력이 필요하다고 느꼈다.

그녀는 분연히 일어났다.

의지가 곧 뜻이듯, 뜻을 받들 천산파 문도들이 손에 있었다.

휘~.

동굴 끝에서 입구까지 20미터에 거리를 한숨에 날았다. 이 정도면 공기가 곧 부력과 같았다.

그녀의 아버지 서문보군이 물 위에서 걷고 있는 듯하다는 말이 이제야 이해가 됐다.

그녀는 앞에 막힌 철문을 오른손을 가볍게 밀었다.

쾅!

꿍음과 함께 철문이 찢겨 나갔다.

씨익.

다시 찾아온 어둠 속에는 그녀의 이빨만 보였다.

철문 뒤에서 그녀의 수발을 들었던 젊은 하녀는 철문과 함께 날아가 피떡이 되었지만 기억에도 남지 않았다.

그녀는 무적無敵이란 단어만 머릿속에 남았다.

천산파를 지켜보는 덕치의 몰골은 꾀죄죄해 상거지가 따로 없었다. 이런 모습과 달리 그의 눈빛에는 정광이 번뜩이고 얼굴에 활력이 넘쳤다.

무려 일주일을 천산산맥 안에서 폐관 수련을 하다시피 했다.

상욱이 장백관을 살피라고 해서 따라와 보니 목적지가 천산파였다.

하루가 지나도 그들은 요지부동이라, 그와 이철로 그리고 송면 형제는 한 명씩 돌아가며 망을 보기로 하고 천산의 정기를 만끽했다.

천산파가 위치한 남천산의 박격달博格達 아래 바위굴 안에서 운기조식을 하거나 논검 비무를 하다 보니 한세월이었다.

섭생도 솔잎과 이끼라 먹는 것은 일이 아니었다.

그렇게 시간을 보내다 보니 상욱과 연락 통로가 없어, 천산파를 망보는 사람이 나곡현까지 내려와 하루에 한 번 통화를 했다.

하지만 시간이 지날수록 덕치의 머릿속에는 의아함이 가득했다.

천산파로 문도들이 계속 모여들었다. 그 인원이 5백 명을 넘어섰다. 소림을 비롯한 삼파와 당문이 눈이 빨갛게 변해 그들을 찾고 있는 시점에, 분산이 아니라 집합이라?

의혹의 강도는 더해만 갔다.

그 시점에 상욱이 나곡현으로 온다는 연락이 왔다. 그래서 사고를 치기로 작정했다.

5백 명에 가까운 인원을 모았다는 것은 크게 한 건을 한다고 봐야 했다. 삼파와 당문의 수장 정도는 찍어 누를 수 있는 무력을 지닌 자가 있거나 천산파로 온다는 뜻이었다.

그런데 근 일주일간 그와 이철로 그리고 송면 형제가 지켜

본 바로는 화경을 넘어선 자를 보지를 못했다. 아니, 느끼지 못했다.

그 정도 실력자라면 수일 전에 기감으로 존재감을 드러냈어야 했었다.

그래서 사고를 치기로 마음먹었다.

그는 보통 걸음으로 하룻길인 나곡현까지 간선보로 2시간에 걸쳐 주파했다.

나곡현이 보이는 길목 아래로 내려가 천산파에 오르는 외길을 지켰다.

반나절이 지나자 일행이 없는 중늙은이가 올라왔다.

한 걸음에 4, 5미터를 쭉쭉 올라오는데, 절정 고수의 내력이 엿보였다.

"허미, 추운 것."

탁. 탁.

흰 입김이 덕치가 벙거지 모자챙에 고드름을 만들어 놓았다. 그것을 털어 내며 중늙은이의 앞을 가로막았다.

사실 그의 말은 엄살만은 아니었다. 눈밭에서 하루 하고도 반나절을 서 있었다. 내공이 화경에 가까워도 서릿발 같은 추위는 피부의 온도를 떨어트려 놨다.

"누구냐?"

서혈회 혈천당血天堂 제1향주 채창영은 앞을 막아선 자를 보며 흠칫 놀랐다.

기척이 없다가 갑자기 앞에 나타난 사내의 무위는 둘째 치고 이렇게 흉악한 얼굴은 처음 봤다.

"아따메, 뭐라는 것이여?"

"네, 네놈은 장백파와 시비가 붙었단 괴승이구나!"

두 사람은 각자 할 말만 했다. 어차피 못 알아먹기는 똑같았다.

그러다 채창영은 앞을 가로막은 자가 장백관과 척을 진 괴승으로 판명되자 득달같이 달려들었다.

챙.

허리춤에서 뽑힌 연검은 곧장 척천홍예검법刺天紅霓劍法의 설중홍예雪中紅霓 초식으로 덕치의 미간을 찔렀다.

이 척천홍예검법은 천산파의 검선 이자명의 독문무공으로, 이름이 말해 주듯 천산에서 날리는 눈발이 하늘로 솟구치며 햇살을 따라 붉은 무지개를 형상화한 검으로 변화무쌍했다.

그만큼 녹록한 검이 아니었다.

거기에 지선 황조의 조양신공이 더해지자 붉은 검기가 덕치 머리를 꼬치 꿰뚫듯 쏘아졌다.

"짱꿰 새퀴가 대뜸 칼질이여."

덕치는 알아듣지도 못하는 말을 하며 대뜸 달려드는 적의 검기를 대수롭지 않게 여기고 고개를 옆으로 피했다. 그러다 깜짝 놀라 뒤로 물러섰다.

날카로웠던 검기가 권기처럼 바뀌어 안개처럼 공간을 잠식해 덕치가 있던 곳을 쓸었다.

"흥."

채창영은 코웃음를 쳤다.

척천홍예검을 처음 접한 적들이 보이는 반응이다. 이런 적은 그다음 설관홍예雪貫紅霓 초식으로 마무리를 지었다.

눈보라를 뚫고 솟구치는 붉은 무지개는 곧 검기였다. 열 개의 검기가 덕치의 온몸을 찔렀다.

균형이 무너지는 덕치의 눈이 흔들리며 황급히 천수여래권의 구명절초 관음만재로 받아쳤다.

쾅—.

충돌 음과 함께 발에 걷어차인 개처럼 덕치는 튕겨 나갔다.

채창영은 끝을 보려 했다. 붉은 무지개가 먹구름을 뚫고 하늘에서 내려오는 사운홍예射雲紅霓의 검기가 공간을 격하고 덕치의 상체를 난도질했다.

"으아아—앗!"

덕치는 비명인지 기합인지 모를 악을 쓰며 일어나 양팔을 털었다.

그는 스스로에게 화가 나고, 눈앞에서 검을 휘두르는 중늙은이에게 약이 잔뜩 바짝 올랐다.

수미다라니의 내공으로 금강법신을 만들었다.

그리고 간선보의 표선요진을 밟으며 정면으로 내려찍는 붉은 무지개를 피하고, 측면으로 가르는 붉은 검기는 금빛에 휩싸인 주먹이 여섯 개로 늘어나 막았다.

이 천수여래권의 불령조현초식으로 인해 그는 흡사 아수라의 왕 비로자나불과 같이 비쳐졌다.

채창영은 검기가 깨지며 검으로 전달되는 반발력에 오른발을 뒤축으로 버티다 빙글 돌아서며 주저앉아 검을 사선으로 올려 베었다.

더불어 오른발을 축으로 연속 회전하며, 다가오는 덕치와 거리를 벌렸다.

이 와선홍예渦旋紅霓 초식으로, 검은 덕치의 하체를 노리다가 급속으로 단전을 찔러 갔다.

권기와 같은 검기가 덮쳐 와도 덕치의 눈빛은 흔들림이 없었다. 다만 움직임이 달랐다.

폭우를 뚫고 비행하는 매미처럼, 선행관폭으로 거칠게 검기를 뚫고 들어갔다.

채창영은 덕치와 거리가 좁혀지자 검기가 유형화되며 붉은 검사를 만들었다.

홍예충천紅霓沖天.

척천홍예검의 이 구명절초는 근거리의 적을 일직선에 놓고 하체에서부터 상체까지 올라가며 찔러 가는 연환 검식이었다. 그 끝을 보기까지 흉험함이 계속 이어졌다.

그렇다고 물러날 덕치가 아니었다. 간선보는 충암퇴로 바꿔었다.

그의 왼발이 벼락처럼 채창영의 오른발을 밟아 움직임을 제한하고, 오른발을 내질렀다.

퍽-.

덕치의 충암퇴 초식은 채창영의 무릎부터 때렸고, 검으로 그의 어깨를 찔러 오는 채창영의 손목을 오른발로 걷어찼다. 이어서 배와 가슴을 가격하더니 턱을 걷어찼다.

퍼버벅.

"커-억!"

채창영은 충암퇴로 골절된 오른손을 왼손으로 잡다가 상체와 턱을 걷어차이자 신음과 함께 털썩 주저앉았다.

덕치는 된통 화가 나 왼발로 걷어차려다 기절한 채창영을 보고는 우뚝 섰다.

여전히 분풀이가 채워지지 않은 그는 멱살을 잡고 채창영을 일으켜 세웠다.

"크윽."

의식이 없는 채창영이 신음을 토했다. 덕치의 발길질이 어지간히 오졌던 모양이다.

덕치는 그런 채창영을 내려다 양손에 힘을 뺐다.

턱.

땅바닥을 뒹구는 채창영을 보며 그는 품을 뒤져 휴대폰을 꺼내 들었다. 곧장 10을 길게 눌렀다.

상욱의 단축 번호였다.

한동안 상욱과 통화를 한 덕치는 채창영을 들쳐 메고 왔던 길을 되돌아갔다.

오구잡탕인 덕치

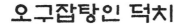

"으윽."

채창영은 오른팔과 가슴의 통증에 눈을 떴다.

딱딱한 바닥에 등이 배겼지만 움직이는 데 지장은 없었다.

주변을 둘러보니 거친 화강암 재질의 벽이 보였다.

천산의 곳곳에 있는 동혈이 이런 형태였다. 괴승에게 잡혀온 것이 틀림없었다.

그가 눈을 굴려 일단 동굴 안을 살폈다.

모닥불을 중심으로 세 명의 중년인들이 앉아 있었다. 괴승은 말없이 도사복을 입은 자의 말을 듣고 있었다.

"일어났으면 이리 오시오."

뜻밖에도 모닥불과 떨어져 눈을 감고 있던 중년인이 중국어로 말했다.

채창영은 객쩍은 표정으로 일어나 모닥불 옆으로 향했다.

입구 쪽에 앉은 그들을 뚫고 갈까도 했지만 괴승도 버거운데 도사까지 있어 도망을 포기하고 앉았다.

그러자 도사가 품에서 금박지에 싸인 환단을 건넸다.

"드시오. 내상요양단이오."

송만은 긴 중국말은 못하지만 단편적인 대화는 가능했다.

"병 주고 약 주는 것인가?"

채창영은 미심쩍은 표정을 지으며 환단을 받지 않았다. 적이 준 정체불명의 환단을 먹을 정도 무르지 않았다.

옆에서 그 모습을 보던 덕치가 와락 인상을 구겼다.

"여것이 뭔 시츄에이션이당가? 나가 현천단을 그랗~게 하나만 달랑께 씹더만."

덕치가 오른손으로 환단을 낚아채려 하자 송만이 주먹을 쥐어 버렸다.

"으메~이, 3년 내공인디."

덕치가 안타까운 표정으로 입맛을 다셨다.

채창영은 둘이 하는 모양을 보며 잠시 환단을 받을 것을 그랬나 싶었지만 미련을 접었다.

"날 왜 납치했소?"

일단 의문부터 해소해야 했다. 그는 이철로를 보며 물었다.

"당신들은 납치를 해도 되고 우리들은 안 되는 것인가?"

모닥불에서 물러나 있는 이철로의 말은 차가웠다.

"……."

채창영은 일시 할 말을 잃었다.

납살에 있는 장만민에게 듣기로 이 괴승 일행은 외국인이고 삼파나 당문과 연고가 없다 들었다. 하나 말을 들으니 전혀 딴판이 아닌가?

그의 눈이 잘게 떨렸다.

그때부터 채창영은 눈과 입을 닫아 버렸다. 이철로와 송만이 여러 가지로 회유를 했지만, 고장난명孤掌難鳴 혼자 치는 박수였다.

"으미, 답답헌 것~."

참다 못한 덕치가 나섰다.

"어쩌려고?"

이철로의 말에 덕치가 피식 웃었다.

"고문은 거그가 전문가 아녀?"

"뭐라?"

"쌈박질은 사양이당께. 곧 어린 사숙이 도착하는디 나가 손쓸 일 없당께."

"무진이가?"

"박 경감이?"

송만과 이철로가 반색을 했다.

"긍계로 이놈 데꼬 나곡현인가 나무현인가로 내려가고."

"아니, 그걸 왜 이제야 말하지?"

덕치는 그의 뜻대로 이철로가 일희일비하자 키득거리고는 채창영의 앞으로 가 말했다.

"오늘 늦게나 내일 아침이면 내 사숙이 온다. 뭐, 나이가 지긋하거나 흉악하게 생기지는 않았다. 하지만 그가 오면 이렇게 무르지만은 않을 것이다. 이것은 협박이 아닌 충고다. 혹 마음이 변하면 나를 불러라."

덕치는 사투리 억양 없는 중국 말로 또박또박 말했다.

채창영이 두 눈을 동그랗게 뜨고 덕치를 봤다. 그건 이철로와 송만도 마찬가지였다.

덕치는 무식한 것이 아니었다. 의뭉했을 뿐.

달리는 버스 안.

천산파로 향하는 상욱은 평온한 여행자처럼 보였다. 긴장감이라고는 눈곱만큼도 찾아볼 수 없었다.

옆자리에는 당당까지 붙어 있어 밀월여행을 떠나는 신혼부부 같았다.

그 모습을 보는 당사륵의 눈은 복잡했다.

능력이나 무공 어느 모로 보나 부족하지 않았다. 그런데 딱 하나, 외국인이라 마음이 딱 얹힌 기분이었다.

'하는 모양새도 데릴사위로 올 놈이 아니고.'

차라리 상욱의 뒷자리에 앉아서 베이징 공안청 2급경독 등청량과 이야기를 나누는 제갈세가의 괴짜인 제갈현중이었으면 하는 마음도 없지 않았다.

하지만 딸의 마음을 이래라 저래라 할 수 없는 노릇이다.

그의 눈가에 주름이 잡히는데 휴대폰 벨소리가 그의 상념을 깼다.

상욱은 휴대폰 액정에 떠오른 이름을 보며 헛웃음이 나왔다.

중국에 와 간간이 덕치가 저지르는 사건이 그에게 도움이 됐다. 어제 이철로와 통화를 했을 때는 천산파로 문도들이 집결해 있다는 말만 들었다.

'그런데 전화라……'

일을 벌려 놓고 통보하는 수순이 틀림없다.

"예, 접니다."

상욱은 전화를 받자 덕치로부터 긴 사설을 들어야 했다.

천산의 바람이 얼마나 찬지, 먹을 식량도 없고 고생을 얼마나 하고 있는지, 그러다 천산파의 고수와 조우하게 되어 제압했다는 내용이었다.

"길목을 막고 천산파 고수를 억압한 것은 아닙니까?"

상욱이 슬쩍 떠봤다.

─아니. 이놈이 거기 기냥 막 시비를 걸어서…….

상욱이 오는 길이라 들통날 거짓말이다. 그럼에도 덕치는 거짓말을 했다.

그동안 보아 온 이 어린 사숙은 결과만 좋으면 잔소리할 위인이 아니었다.

"말씀을 들어 보니 사람을 바닥에 팽개쳐 놓으셨나 본데, 상하지 않게 잘 돌보세요. 그리고 나곡현에는 누가?"

─송면.

덕치가 앞질러 답했다.

"알겠습니다."

상욱은 덕치의 답에 미소가 지어졌다.

석난경의 자백과 비교할 사람이 필요했는데 덕치가 때맞춰 일을 저질렀다.

─근디 언제 온당가?

"가는 길이니 오늘 늦게 또는 내일 새벽이지 싶습니다."

툭.

상욱의 말이 끝나지도 않았는데 전화가 끊겼다. 통보를 했으니 알아서 하라는 뜻이었다.

'이렇게 되면 나곡현 가는 길이 가벼워졌군.'

상욱은 버스 의자에 머리를 대고 눈을 감았다. 나곡현에

서 천산파와 시빗거리가 없어졌지만 계획해야 할 일은 늘어
났다.

상욱을 실은 버스는 오밤중이 되어서야 나곡현에 도착했
다.

여장을 풀기 무섭게 상욱은 각화와 당당에게 외출한다고
말하고는 송면 사숙과 전화 통화를 했다.

마침 송면이 식료품을 사려고 천산을 내려온 길이라 10분
이 안 되서 만났다.

송면은 거친 수염과 난발의 머리카락이었지만 눈빛만큼은
형형했다. 오히려 구도자의 모습을 보였다.

상욱은 그에게 인사를 하곤 그를 이끌고 근처 공원 벤치로
가 앉았다.

"저 때문에 괜한 고생만 하시고. 죄송스럽기만 합니다."

"아니다, 다들 좋아서 하는 일이야. 한국에서 이런 일을
해 보겠니? 생소한 일이라 이것도 경험이거니 한다. 이철로
야 그렇지 않겠지만."

"그렇다면 다행입니다."

"일은 일이고, 만상은 계속 수련하고 있지? 어암서원의 지
킴이로서 본분을 잊어서는 안 돼."

"물론입니다."

상욱은 웃으며 쥐고 있던 오른손을 폈다.

손바닥 위에 동전 여섯 개가 있었다.

"암절暗絕을 수련하고 있었나?"

송면은 말을 하면서도 고개를 갸웃거렸다.

만상육절 중 암절이 가장 복잡하고 가르침이 없어, 법문으로만 수련하기는 힘들었다. 정확한 자세와 암기라는 특징에 따라 수발이 달라지기 때문이다.

"암기라면 암기일 수 있습니다."

송면이 상욱의 아리송한 답에 의문을 가지자, 상욱은 동전을 위로 던졌다.

여섯 개의 동전이 허공으로 올랐다 떨어졌다.

"흐ㅡ흡."

그 순간 숨을 깊게 들이마신 상욱이 천둔갑의 내공을 끌어올렸다.

부르르.

동전이 허공에서 멈추고 떨더니 상욱을 중심으로 회전했다.

"어검御劍!"

송면이 벤치에서 벌떡 일어났다.

"허공섭물에서 조금 발전한 정도입니다. 하지만."

핑ㅡ.

퍽!

상욱의 오른손 끝을 따라 동전 하나가 빛살처럼 날아가더니 아름드리나무를 뚫고 선회하더니 제자리로 돌아왔다.

"수어검手御劍?"

"기어검에 가깝다고 봅니다."

상욱이 송면의 말에 답했다.

송면의 얼굴에서 놀람이 지워지지 않았다.

기어검이든 수어검이든 미묘한 차이가 있을 뿐이었다. 그리고 상욱이 말하는 동안에도 여전히 동전은 상욱의 의지에 따라 움직이고 있었다.

화경을 넘어 현경에 이르렀다 해도 무방했다.

"못 본 사이 큰 성취가 있었구나. 현경에 접어들었더냐?"

"도추를 봤습니다."

"허허허, 도추라 했느냐? 황허와 천관만이 남았다고. 원시천존, 원시천존."

송면이 도호를 외웠다.

황허荒墟는 중국에서 말하는 자연경의 경지고, 천관은 우화등선할 깨달음을 얻는 경지를 일컫는다.

천관이야 축귀逐鬼를 하는 도사와 학문을 쫓는 도사도 도통하면 이를 수 있는 경지라 도추와는 다른 의미를 지녔다.

"운이 따랐습니다."

"도추가 어찌 운만으로 이룰까. 그렇다 해도 거듭 말하는

데 너는 어암서원의 지킴이로서 만상육절을 관貫해야 한다."

"당연히 그리할 것입니다."

"대답은 시원하구나. 이제 덕치가 있는 동굴로 가 봐야지?"

"네. 천산파의 문도 하나를 잡아 놨다는데 제법 높은 위치에 있는 사람 같답니다."

"망을 바꾸며 그 인사가 어깨에 네가 말한 사람을 끼고 동굴에 오르는 것을 봤다. 하도 오구잡탕烏口雜湯인 사람이라 그러려니 했는데 일을 저질렀구나."

"그렇지도 않습니다. 가면서 말씀하시죠."

"이 밤에?"

"밤눈이 낮이나 별반 차이 없잖습니까?"

"하기는. 가세."

송면이 앞장을 섰다.

천산의 차가운 바람을 가르며 두 사람은 경공을 펼쳐 1시간을 달려 천산파를 끼고 돌아, 남천산 박격달의 밑 동굴에 도착했다.

"왔는가?"

이철로가 동굴 밖에서 기다리고 있다 심통 난 얼굴로 상욱을 맞이했다.

"안색이 안 좋습니다."

상욱이 의아해했다.

"아닐세."

이철로가 상욱에게 대답을 하고 동굴로 들어갔다.

그는 나름 우울했다.

자진해서 상욱을 따라 중국에 온 것은 상욱을 통해 타산지석의 묘를 따르려 했기 때문이었다. 같이 온 덕치도 그런 이유였고.

그러나 그게 뜻대로 되지 않았다.

상욱과는 계속 떨어져 있고, 덕치는 보이지 않지만 점점 성장하고 있었다. 수미다라니의 내공 운용을 기반으로 한 덕치는 시간이 지날수록 강해지는 것은 당연했다.

그에 반해 그는 상욱과 대련을 통해 경기 이가의 독문검법인 풍뢰일검의 단점을 보완하고, 초식을 줄여 감으로써 그 심득을 얻어 성취를 높일 수 있었다.

그런데 상욱과 멀어져 비무는 물 건너가고, 쓸데없이 중국 무림과 엮여 허송세월을 보내는 느낌을 지울 수 없었다.

"이 선생님."

상욱이 그런 이철로를 보며 모처럼 존대했다.

이철로가 걸음을 멈추고 상욱을 봤다.

"너무 서두르지 마시죠. 한동안 검을 놓아 보세요."

뜬금없는 상욱의 말에 이철로의 얼굴이 굳어졌다.

"저도 근래 벽에 막혔습니다."

"벽에?"

'화경에 든 지가 언젠데 벌써 벽에…….'

이철로가 두 눈을 동그랗게 떴다. 그리고 이내 자괴감이 들었다가 고개를 흔들었다.

'사람이 괴물과 비교할 일이 아니다.'

그러며 계속 상욱을 봤다. 다음 말을 원했다.

"요즘 마음에 그림을 그려 봅니다. 내공이란 도화지를 온전히 내려놓고, 초식을 풍경화로 하나씩 붓 칠을 하다 보니 매번 새로운 그림이 그려집니다. 그리다 찢고 새로 그리다 보니 그림에 여백이 없어져 빽빽해지니 볼만합니다."

상욱에 말에 이철로가 잠시 골몰하더니 상욱에게 허리를 깊이 숙였다.

"이거 참."

상욱이 난처한 얼굴로 비켜섰다.

"쟁천에서 개인이 하는 수련은 공개를 하지 않네. 비결과도 같은 일이네."

옆에 있던 송면이 정색을 하고 말했다.

"그런 겁니까?"

상욱이 머쓱해져 송면을 봤다.

"각 문파나 가문마다 비결이 있어, 오히려 혼돈을 줄 수도 있는 말이네."

"아니오. 아버님이 언젠가 비슷한 말씀이 있었었소. 그 후 큰 깨달음이 있으셨던 것으로 기억하고 있소."

이철로는 방금과 달리 눈에 힘이 들어찼다.

"축하하오. 그 짧은 시간에 단초를 찾다니."

송면이 얼굴색을 바꿔 그의 일처럼 환해졌다.

"흥, 날로 먹은 게로 좋은 게비."

동굴 안쪽에서 덕치가 나왔다.

"좋아 보입니다."

"크흠, 어린 사숙이 훨 낫당께."

상욱과 덕치가 안부를 물으며 눈인사를 했다.

"그자는 안에 있습니까?"

그러자 상욱이 본론으로 들어갔다.

"송만과 같이 있네."

"네."

덕치의 답에 상욱은 곧장 안으로 들어갔다.

50여 미터나 들어갔을까, 동굴은 막혔고 모닥불을 사이에 두고 송만과 채창영이 마주 앉아 있었는데, 둘은 올빼미처럼 고개를 돌려 상욱을 봤다.

"인사는 나중에 하도록 하겠습니다. 다들 동굴 밖으로 나가 주세요."

상욱의 목소리는 딱딱해지고 낯빛은 콘크리트처럼 굳었다. 천둔갑의 내공을 일으켜 동굴 안이 급속히 냉각됐다.

'이계의 마기, 카르가 심어진 자라…….'

소림의 문회에 이어 두 번째로 보는 자다.

그러나 그 성질이 달랐다. 기생충의 숙주는 같아도 심어진 기생충이 다르듯, 모닥불 앞에 앉은 이자는 좀 더 본류에 가까운 카르를 가졌다.

"당신이 괴승이 말했던 사숙이오?"

채창영이 상욱을 올려다보며 물었다.

"별말을 다 했군. 그렇소."

"그대는 외국인인데 왜 삼파와 당문의 일에 참견하는 것이오?"

"육식동물이 고기를 탐하는 것은 본능이오."

"결국 탐욕 때문인가?"

"서혈회는 탐욕에 복수까지 쩔어 있는 집단이 아닌가? 더구나 사악한 대법에 당한 줄도 모르고."

"사악한 대법이라니?"

"그것은 직접 느끼게 해 주지."

상욱을 말이 끝나기 무섭게 천둔갑의 역즉성단의 요결로 내공을 마왕 에블리스의 카르마로 전환했다.

채창영은 어깨를 짓눌렀던 천둔갑의 기운이 카르마로 바뀌자 온몸이 절로 떨렸다. 그는 포악한 맹수 앞에 선 초식동물과 다르지 않았다.

붉어진 상욱의 눈을 제외하면 외형적으로 변한 것은 없었다.

그러나 채창영은 공포에 질려 엉덩이를 땅에 대고 양손과 양발로 물러났다.

"오, 오지 마."

"당신이 날 이렇게 겁낼 이유가 없잖아? 그런데 왜 그렇게 떨지?"

"진짜, 내가 왜?"

채창영은 여전히 몸을 떨면서도 의혹을 가졌다.

"세뇌되었기 때문이지."

"세뇌가 됐다고? 내가?"

"그대의 무의식이 나의 기운을 인식하고 있지 않은가?"

상욱의 말에 채창영은 왼손으로 떨리는 오른손을 꽉 쥐었다.

그 상태로 한동안 말이 없던 그는 붉어진 눈동자로 상욱을 올려다봤다.

"크크크크."

괴이한 웃음을 토하는데, 눈에서 검은 피를 흘렸다. 무의식이 점령당한 의식으로 끌려가고 있었다.

상욱은 역즉성단으로 카르마로 전환했을 때부터 에블리스의 권능 중 뱀파이어릭을 펼치고 있었다. 그래서 채창영의 육체에서 어떤 일이 진행되고 있는지 알았다.

채창영의 혈액과 근육 그리고 장기를 꿰뚫어 보는 그의 눈에 괴이한 물건이 보였다.

채창영의 뇌 전두엽에 장구벌레 같은 기생충이 붙어 있었다.

상욱은 오른손을 펴 채창영에게 다가가 머리를 잡았다.

"으아—앗!"

비명에 가까운 기합을 지른 채창영은 주먹을 휘둘렀다.

퍽. 퍽.

상욱의 가슴에 내공이 잔뜩 시린 채창영의 주먹이 꽂혔다.

투—웅. 퉁.

맞은 부위에 검은 아지랑이가 일어났다. 그곳은 조약돌이 던져진 호수의 동심원처럼 출렁이며 충격을 흡수했다.

상욱은 천둔갑의 내공으로 발현하는 호신강기의 묘용을 카르마로 펼쳐 봤다.

도추지경 이전에는 한동안 의지를 발현해야 했었는데, 지금은 호신강기가 흐르는 물처럼 상욱을 감쌌다.

꾸—욱.

채창영의 머리를 쥔 상욱의 오른손 아귀에 힘이 들어가고 카르가 쏟아져 나갔다.

"어—억."

정신이 반쯤 나간 채창영이 상욱의 손목을 잡고 힘을 줬지만 요지부동이었다.

이때 상욱의 눈에 짜증이 겹쳤다.

왼손이 빠르게 움직였다.

채창영의 어깨 중부혈中府穴과 팔꿈치 척택혈尺澤穴을 지나

엄지손가락 소상혈小商穴을 짚었다.

혈도에 침습한 카르가 혈맥을 막아 채창영이 나무토막처럼 뻣뻣해졌다.

그러나 채창영은 이에 굴복하지 않고 양발에 힘을 주어 일어나려 했다.

오른손 중지에 힘을 준 상욱이 앞으로 잡아당겼다.

힘의 균형이 앞으로 쏠리며 채창영이 땅바닥에 안면을 처박았다.

그사이 카르는 뇌 안의 장구벌레처럼 생긴 기생충을 감쌌다.

"고蠱라는 기생충이 진짜 있었군."

카르는 채창영의 전두엽에 붙은 고를 잡아 뗐다.

"크으윽."

채창영은 신음을 토했다.

상욱이 카르로 막을 만들어 고 자체를 둘러싸았어도 고에서 분비된 녹색 물질이 해악을 끼치는 모양이었다.

'서둘러야겠군.'

고가 인체에 어떤 영향을 미칠지 모르기에 상욱은 고를 시신경으로 이어지는 혈관으로 밀어 넣었다.

그러며 카르를 길고 부드럽게 만들었다.

인체 중 뇌와 직접 연결된 장기는 눈이 유일했기 때문이고, 그 눈과 연결된 혈관으로 이어지는 눈물샘으로 고를 빼

낼 생각이었다.

"크으윽, 푸—후."

채창영은 상체가 점혈되고 목이 눌려 움직이지 못하자 신음과 함께 거친 숨을 토했다.

마른 먼지가 피어올랐지만 상욱은 개의치 않았다.

"으—아악!"

그러길 10여 분, 종국에는 채창영이 크게 비명을 지르고는 혼절해 버렸다.

투—둑.

채창영의 오른눈이 튀어나올 정도로 부풀어 오르더니, 눈물샘에서 녹색 벌레가 나와 코를 타고 땅바닥에 떨어졌다.

툭.

치—이익.

상욱이 고에서 카르를 거둬들이자 공기에 고가 산화되며 바위를 녹였다.

'참으로 독한 물건이네.'

상욱은 고를 빼내고 다음 작업을 하려 했다.

카르마에서 카르를 실처럼 뽑아내 채창영에게 심으려다 뚝 멈췄다.

"그냥 들어오십시오."

상욱이 동굴 입구 쪽을 보며 말했다.

"워미, 그새 죽사발을 맹그렇구만 아주. 아따 왜 옆굴탱이는 찌르고 지랄여. 아니, 난 송만 영감이 가자고 해서 들어왔당께."

덕치가 이철로와 송면 형제와 같이 들어와서는 너스레를 떨었다.

"심상치 않은 기운이 안에서 느껴져 들어왔네."

이철로가 덕치를 거들었다.

"후–우."

상욱은 그들의 말에 한숨을 내쉬었다.

마왕 에블리스의 권능 중 인형술을 펼치려 했던 계획이 물 건너갔다.

카르마에서 카르를 빼냈더니 사악한 기운을 느낀 모양이다.

더불어 채창영이 깨어나고 있었다.

"으–음."

상욱은 발아래에서 신음을 토하는 채창영을 일별하고는 허리를 굽혀 손을 놀려 혈도를 풀었다.

그러자 채창영이 힘겹게 몸을 일으켜 세웠다.

그의 눈을 통하는 혈관으로 고가 빠져나와 주변 근육마저 비틀리고 오른 볼마저 처져 추레하기 그지없었다.

통증이 느껴지고 안면 근육이 틀어지자 오른손으로 눈 주위를 몇 번 누르더니 가부좌를 틀었다.

상욱은 가만히 그 모습을 지켜봤다.

1시간이 지났다.

운기조식을 마친 채창영은 한동안 말이 없었다. 공허한 눈에서는 가끔씩 한광이 스쳐 지나갔지만 곧 의지가 빠져나갔다.

그는 지금 극히 혼란스러웠다.

20년 가까운 세월을 그의 의지와는 상관없이 꼭두각시가 되어 살아왔다.

그날 일이 오늘날 천추의 한으로 남았다.

당시 천산파는 머리를 잃은 뱀과 같았다. 장로였던 그는 서문보군의 죽음 이후 천산파의 개혁을 이끌었다.

장문인의 딸 서문혜가 있었지만 어린 철부지에 불과했고, 어디서 불장난을 했는지 임신까지 하고 있었다.

그래서인지 대부분의 문도들이 그를 따랐고, 인도와 국경선을 맞대고 서문보군과 함께 전쟁을 수행하던 문도 1백여 명만이 서문보군의 복수를 주장하며 서문혜를 따랐다.

그 역시 복수를 마다하지 않았지만 천산파 전력의 반절인 서문보군의 공백을 메우는 것이 순서라 여겼다.

분쟁이 가시지 않던 그때 서문혜가 사라졌다. 그는 문도들에게 의심의 눈초리를 받았다.

그러나 그의 진정은 문도들에게 진실로 다가갔다.

그렇게 10년이 지났다.

천산파의 옛 성세에는 못 미쳐도 서장에서 정교일체인 포달랍궁을 제외하고 제1의 문파라 칭해졌다.

공석인 장문인 자리에 슬슬 그의 이름이 거론됐다.

그때 무슨 염치인지 모르지만 서문혜가 돌아왔다. 문도들 사이에 파벌이 생겼다.

그리고 그녀와 같이 온 자, 전대 장문인 서문보군의 직속 상관이었던 종규를 만나며 이 불행이 촉발됐다.

지금도 생생히 기억이 났다.

그자의 붉은 눈을 본 순간 대취한 것처럼 세상이 빙빙 돌았다. 대나무 도롱에서 나온 고가 코에 들어갔다.

그 후부터였다.

의지와 몸이 따로 움직였다. 한동안 그 상태를 유지하다가 1년이 지난 후에는 종규의 의지가 곧 그의 의지와 같았다.

그 세월이 20 하고도 몇 년이다.

눈에서 눈물이 절로 흘렀다. 형제와 같던 문도들 몇몇이 그의 손에 저승으로 갔다. 울분이 폭발하고 수그러들기를 반복했다.

그러다 그를 지켜보는 눈길이 느껴졌다.

고개를 들으니 고를 없애 준 젊은이가 그를 내려다보고 있었다. 바닥에 오른손을 짚고 일어나는데 무기력감이 쏟아졌다.

"그대로 있으시오. 내공을 회복하려면 일주일 이상 걸릴 것이오."

상욱은 채창영이 고가 제거되고 현 상태를 자각하는 과정에서 단전이 크게 흔들렸던 것을 확인했다. 그걸 말했다.

"아, 아니오. 몸이 부서지는 한이 있어도 지금 그대에게 고마움을 표하고 싶소."

채창영은 억지로 몸을 추슬러 일으켰다. 그러고는 포권을 하며 허리를 깊게 숙였다.

"이 몸은 천산파의 채창영이라 합니다. 은인에게 감사드립니다."

상욱은 채창영의 태도에 미간을 접었다.

그가 원해서 고를 제거했지만, 그의 의도와 전혀 딴판의 결과였기 때문이다.

"인사는 됐소. 보아하니 고가 제거되며 억제되었던 정신이 돌아온 것 같소만."

"도와주시오."

채창영이 그 자리에 털썩 무릎을 꿇었다.

"일어나시오."

"난, 난 지금 가는 길이 다른 사람에게 무릎 꿇을 만큼이나 절박하오."

"후—우, 그 절박하다는 사정. 들어 봅시다."

상욱은 말하며 뒤를 돌아봤다.

그러자 기다렸다는 듯 덕치를 비롯한 네 사람이 모닥불 주위로 앉았다.

채창영은 지난 과거를 이야기했다. 그 시작은 당사륵이 언급한 종규라는 인물이었다.

"40여 년 전 천산파의 미래는 암담했소. 문화대혁명으로 본파의 세는 볼품없었고, 그나마 있는 젊은 제자들마저 맥라인 전선으로 끌려가는 상황이었소."

"서문 장문인. 참, 그분은 전대 장문인으로······."

"알고 있소. 서문보군이 아니오."

상욱은 길어질 말을 쳐 냈다.

"알고 있으니 본론만 이야기하겠소이다. 그 열악한 환경을 벗어날 행운이 찾아왔소. 지금 생각하면 악운이지만, 어쨌든 계속하겠습니다. 인연도 없는 서장군西藏軍에서 한 가지 일만 맡아 주면 엄청난 물적 지원을 하겠다고 약속했소. 그 일은 창설할 특수부대와 향토군의 단장으로 장문인의 전쟁 참여였소. 더럽게도 나이도 어린 서장군의 참모장이던 종규라는 작자가 찍찍대며 일방적으로 통보만 했소. 천산파의 제자들은 분노했지만 현실은 준엄할 뿐이었소. 너희들이 아니어도 대체할 사람이 있다는 어투가 목에 얹혔지만 장문인부터 무기력했소. 결국 장문인은 종규 밑으로 들어갔소. 그런데 어느 순간부터 장문인이 변했소. 무지막지한 살인마가 되어······."

"그 후 일은 나도 알고 있소. 당신의 일을 듣고 싶소."

상욱이 채창영의 말을 끊었다.

채창영은 기이한 눈으로 상욱을 바라봤다.

"서문보군의 죽음에 관여된 구파와 오대 세가를 말하려는 것 아니오?"

"은인은 확실히 그들과 연결되어 있구려."

"그래도 나의 도움이 필요합니까?"

"여전히 그렇습니다. 지금 천산파는 파멸로 가고 있소이다. 서문혜는 지금 아버지의 죽음에 이어 아들의 죽음으로 반쯤 미쳐 있소."

"아들?"

"장진명이라고 물정 모르는 놈이었소. 제 어미를 닮아 재질은 떨어지고 욕심이 태산 같았소."

"혹 그자가 베이징에서 보석 박람회 절도범으로 붙잡힌 후에 음독자살하지 않았습니까?"

"그렇소."

'참 별스러운 악연이네.'

상욱은 찰나에 서문혜가 왜 그런 행동을 했는지 그 연결 고리를 한 줄로 꿰뚫었다.

아비의 복수를 하려다, 서혈회를 키우기 위해 물욕으로 아들 장진명을 끌어들였다가, 그 아들이 자살을 했다.

'원한의 칼날은 과거의 원수를 향했고…… 그런데 납치 라?'

본래 납치란 목적범이다.

두 개의
심장을
가진 자

서문혜가 삼파에 금품이나 사사로운 이익을 위해 요구 사항을 전달하지 않았다.

상욱은 새로운 의문이 일어났다.

"계속 이야기를 해 보시죠."

그는 채창영에게서 새로운 소식을 뽑아냈다.

"그 미친년은 혈천전과 이목당 5백 명의 제자들을 천산파로 불러들여 삼파와 당문과 함께 공멸하려 하고 있소."

"이해가 안 됩니다. 삼파와 당문 연합 세력의 숫자가 1백여 명에 불과하지만 화경에 가까운 고수가 있어서……."

상욱은 다음 말을 아꼈다.

굳이 말하지 않아도 답은 나와 있었다. 천산파는 도륙당할 것이다.

"서문혜는 마공을 익히려 폐관에 들었소이다. 동남동녀의 정혈과 삼파의 장로 셋의 심장으로 이혈흡기대법이란 괴이한 수법을 준비하고 말이오. 그 대법이 성공할 경우 확실히 화경의 경지에 이르니 무서울 것이 있겠소. 게다가 천산파의 시조이신 삼선의 무공까지 완성한다면 사태는 걷잡을 수 없게 될 것이오."

"으−음."

상욱은 채창영의 말에 침음을 토했다.

그토록 삼파의 장로들을 찾아 헤맸지만 결국 그는 시체만 보게 생겼다.

게다가 공멸 양상으로 흘러갈 가능성도 있었다.

물론 소림과 화산의 노장로 셋이 끼어들면 새로운 국면을 맞겠지만, 서혈회라고 그만한 전력이 나오지 말란 법이 없었다.

특히 종규라는 자의 행방이 의심스럽기 그지없었다.

"서문혜가 어떤 경지에 있든 이번 일은 힘들 것이오. 그러니 내가 어떻게 도와주면 되겠습니까?"

"괴승의 무위만 보아도 화경에 가깝고, 그런 사람이 넷이 아닙니까. 은인이 삼파에 적지 않은 영향력을 행사할 수 있어 보이니 소림의 수뇌부와 연결해 줬으면 하오."

"묻겠습니다. 천산파 제자들을 설복할 자신이 있습니까?"

"……."

상욱의 말에 채창영이 침묵했다.

자신이 없었다. 예전 그였다면 덕과 지혜로 제자가 따랐을 것이나, 고의 통제를 받은 이후로는 주먹과 거친 언사가 전부였다.

'과연 몇이나 따를지.'

그냥 암담했다.

"천산파 제자들은 서혈회의 실체에 대해 모르고 있소이다. 그들을 구제해 주시오."

채창영이 다시 고개를 숙였다.

"희생이 불가피할 것 같습니다. 다만 서문혜를 조속히 제

압할 수 있다면 좋겠지만, 당신의 말처럼 삼파의 장로들이
죽음을 맞이했다면…….”

　상욱은 고개를 흔들었다.

　그에게는 삼파와 당문을 통제할 권리나 힘이 없었다.

　“내일 삼파와 당문은 천산파를 찾아갈 것이오. 다행히 천
산파 내에 서문혜가 없다 하니 옆에서 손 속에 사정을 두게
하겠소.”

　“은인만 믿겠습니다.”

　채창영이 재차 고개를 조아리자 상욱은 자리에서 일어났
다.

　“당신이 지금 내려가 삼파와 당문 사람들에게 얼굴을 보여
좋을 일이 생길 것 같지는 않습니다. 일단 여기서 몸조리를
하고 있다 특별한 일이 있으면 부르겠습니다.”

　“나, 나는…….”

　채창영이 자리에서 일어나려 했으나, 흔들린 내공과 고가
박혀 있던 전두엽의 공간이 채워지지 않아 세상이 빙글 돌
았다.

　결국 그는 기절해 버렸다.

　그러자 송면이 넘어지는 채창영의 어깨를 잡았다.

　“저 사람을 누가 돌보겠습니까?”

　상욱이 묻자 송면이 고개를 들었다.

　“오늘 하루 몸을 혹사했더니 피곤하구먼, 내가 남겠네.”

"부탁드리겠습니다."

상욱은 송면과 채창영을 남기고 이철로 등과 같이 박격달을 내려왔다.

비행기를 타고 있던 사내는 떨리는 오른쪽 눈살에 등받이에서 허리를 일으켜 세웠다.

"사형, 불편하십니까?"

공명후가 옆자리에서 사내의 무릎 이불을 걷었다.

"제종고술 아래로 둔 그림자가 연락이 끊겼다."

"누구입니까?"

"채가다."

"이런, 그는 천산파로 간다 하지 않았습니까? 이러다 서문혜에게 문제가 생기는 것은 아닌지."

"그럴 일 없다. 그에게 연락해라, 소림과 당문의 행보를 자세히 알리라고."

"잘 아시듯 원체 까다롭게 구는 자라……."

"이 일이 끝나면 등산을 해야겠구나. 개인적으로 교훈을 내려 줄 필요가 있겠어."

"구차하시지 않겠습니까? 제가 가겠습니다."

"매번 고생만 시키는구나."

"아닙니다. 쉬십시오."

공명후가 휴대폰을 들고 자리에서 일어났다.

비행기는 유유히 밤하늘을 가르며 서장으로 향하는 중이
었다.

도망가는 사람들 쫓는 사람들

　새벽이 되어 여관으로 돌아온 상욱은 그대로 가부좌를 틀고 명상을 가졌다.

　천산파에 가는 마당에 허튼짓 같지만 의지를 벼르는 중이다.

　카르마를 사용하는 자가 천산파를 중심으로 한 음모의 주재자였다.

　처음에는 서문혜를 의심했지만 곧 용의선상에서 지워 버렸다.

　베이징에서 그녀를 봤을 때, 음모의 주재자라 여기기에는 너무 약한 존재였다.

　특히나 카르마를 쓰는 타입이 두 종류로 드러나면서, 이계의 존재이거나, 강력한 추종자가 있었다.

아드레날린이 물컹물컹 분비가 됐다.

어떤 놈인지 모르지만 목을 물어뜯고, 들어서 흔들고 싶은 욕망을 주체하기 힘들게 했다.

그는 요동치는 마음을 다잡았다.

똑똑.

의지가 견정해질 때쯤 노크 소리가 들렸다.

그는 자리에서 일어나 문을 열었다. 문밖에는 당당이 서 있었다.

"들어와."

몸을 옆으로 돌려 비켜섰다. 당당은 들어오며 안을 살피더니 상욱의 품으로 파고들었다.

"응, 무슨 일 있어?"

"아니, 그냥 불안해서."

"삼파와 당문의 고수들이 몇인데……."

"그래도."

'여자의 촉이라…….'

상욱은 약간 놀라 당당을 내려다보고는 거리를 두며 말했다.

"최고로 믿을 수 있는 사람은 누구겠어?"

"아빠."

"그것은 당연하고. 하지만 당당의 아버지는 오늘 천산파

두 개의
심장을
가진 자

일을 총괄하잖아. 그래서 바로 나야."

"피—이, 근거 없는 자신감. 소림과 화산의 노장로님들 세 분도 계시는데."

"물론 그렇기는 하지만 개인적으로 봤을 때 내가 더 낫지."

"아이구, 제가 졌어요."

당당이 상욱을 올려다봤다.

막내 삼촌과 손을 섞는 모습은 순간이었고, 그만한 위엄을 상욱에게서 못 느꼈는데, 계속 자부심을 내비치니 이제는 살짝 의아했다.

"혹 내가 자리를 비우면 그때는 세검장에서 봤던 내 일행 중 나이 드신 네 분 곁에 있어."

"어? 그분들은 여기 나곡현으로 먼저 와 계셨지 않나요."

"어제 이곳 여관으로 왔어."

"부담스러운데……."

"그들 넷이면 중형 문파 하나가 움직인다고 봐도 돼."

"피이, 또 그런다."

"자, 나가자고. 아침은 먹고 가야지."

"그래요."

당당이 대답을 하고 팔짱을 꼈다.

"참, 하고 싶은 말이 있으면 곧바로 말해. 내 방에 온 이유도 당 문주께서 부른 것 같은데."

"에~효, 이러니 여태 장가를 못 갔지. 연애할 때는 그러려니 좀 해요."

"코치 겸 선수로 뛰는 건 반칙 아닌가?"

"한국 속담에 북 치고 장구 치고 이런 말도 있잖아요."

"별말을 다 아는군."

상욱은 당당에 끌려 나가며 가벼운 농담을 주고받았다.

여관은 1층에 식당을 겸하고 있어 시끌벅적했다.

식당은 이미 자리가 가득 차 있고, 당문 사람들이 대부분이었다.

당 문주 당사륵은 이철로 일행과 특수대 3팀을 초청해 옆탁자에 두고 식사 중이었다.

상욱은 그곳으로 다가가 당사륵에게 고개를 숙여 인사를 했다.

"앉게, 아침이 늦었네."

"윗사람을 기다리게 하다니."

당사륵의 막내 동생 당사평은 조카 당당이 외국인인 상욱과 같이 있는 것이 불만이었다. 그래서 되지도 않는 트집을 잡았다.

"그만. 보석 같은 딸도 임자가 나타나면 손에서 놓아야지."

당사륵이 상욱의 편을 들었다.

그는 상욱이 당당의 짝으로 만족스러웠다.

두 개의
심장을
가진 자

"감사합니다."

시계를 본 상욱은 웃으며 자리에 앉았다. 이제 6시 반이었다.

그런 당당과 상욱의 관계를 처음 본 특수대 3팀은 미묘한 표정을 지었고, 덕치는 오만상을 썼다.

특히나 덕치는 고개를 흔들었다. 그가 상욱을 처음 봤을 때 원주에서 목숨을 내놓고 원종에게 달려들었다. 그것도 다름 아닌 여자 요괴 때문이었다.

그런데 그 여자 요괴를 못 본 지 얼마라고 벌써 주색잡기란 말인가. 참 별스럽게 여자 요괴가 안타깝게 느껴졌다.

그런 사정과 별개로 상욱은 당당 옆에 앉아 당사륵과 대화를 나누었다.

"오늘 천산파로 가면 경황이 없어 딸아이를 챙길 수 없네. 그대가 당당을 잘 보살펴 주게."

"내가 무슨 애라고."

당당이 입을 삐쭉 내밀어 투덜댔지만 당사륵의 시선은 상욱에게 머물러 있었다.

"말씀하시기 이전에 이미 그러기로 했습니다."

"안심이 되는군. 이제 천산파에 오를 일만 남았군."

당사륵이 수저를 들었다.

상욱 역시 눈앞의 음식을 보며 수저를 들었다.

천산파天山派.

고대로부터 무림에서 신비의 문파로 회자되곤 했다. 가끔 중원에 천산파 고수가 등장해 정사지간正邪之間의 행사를 하곤 해 정체성을 의심 받았다.

그 천산파 앞에 삼파와 당문 사람들이 섰다.

폭 10미터, 300개가 넘는 계단이 그들을 반겼다. 그들 뒤쪽에 선 상욱은 천산파를 한눈에 볼 수 있었다.

이십여 개의 고루거각이 옛날 영화를 말해 주고 있었지만 낡은 단청이 천산파의 현실을 대변했다.

"배첩을 넣어라."

삼파와 당문을 대표해 무당 장문인 유현득이 나섰다. 사전 계획대로 강인준이 배첩을 들고 계단을 뛰어올랐다,

무당파의 계단 때문에 생겼다는 제운종梯雲縱 신법으로 몇 걸음 만에 천산파의 대문 앞에 섰다.

탕. 탕. 탕.

"무당파의 강인준이오. 천산은 배첩을 받으시오."

그는 굳게 닫힌 대문을 두드려 천산파를 청했다. 한참을 기다려도 대문 안에서 인기척이 없자 다시 두드리는데, 성질 급한 유현득이 옆에 섰다.

"뭐 하는 게냐?"

"반응이 없습니다."

"그걸 참고 있었더냐? 내 사숙의 목숨이 어디에 있는지 모르는 상황에서 이리 미적거린단 말이냐!"

말을 하며 내공을 끌어 올린 유현득이 천산파의 대문을 면장綿掌으로 때렸다.

쾅―.

폭탄을 맞은 듯 나무 조각이 비산하며 대문이 산산조각 났다.

그곳을 뚫고 유현득이 유령처럼 스며들었다.

몇백 년을 도인들이 머물며 수련한 움푹한 대리석 연무장과 휑한 전각만이 그를 반겼다.

이 사태에 멈칫한 그는 제자를 불렀다.

"인준아, 원정 온 사람들을 불러라. 아무래도 천산파 악귀들이 우리의 행적을 꿰고 있던 모양이다."

"네, 알겠습니다."

강인준 역시 유현득의 뒤를 따라 들어와 천산파 내부를 훑어보곤 계단 아래로 내려갔다.

한참 후.

삼파의 수뇌부가 먼저 천산파에 올랐다. 남은 제자들은 남천산 주변 기암괴산을 뒤져 천산파 문도들을 찾아 나섰다.

"정보가 빠져나가지 못하게 그리 노력했건만."

소림의 각화가 한숨을 내쉬었다.

이쯤 되면 삼파나 당문 안에 틀림없이 세작이 있다는 뜻이다. 그들은 덩그러니 놓인 연무장만큼 망연자실했다.

오후가 되자 천산파를 중심으로 멀리까지 나갔던 삼파와 당문의 제자들이 속속 돌아왔다.

그들은 한결같이 빈손으로 돌아왔다.

그사이 얼떨결에 상욱을 따라온 제갈현중과 당문의 당사평은 천산파의 세밀한 곳을 둘러봤고, 장문인의 거처로 추정된 곳에서 비상 탈출로로 추정되는 사방 2미터 크기의 토굴을 발견했다.

기관에 정평한 제갈세가의 일원이라 남다른 면이 있었다.

그들은 연통만 넣고 안으로 수색에 들어갔다.

상욱은 나중에 그 소식을 듣고 토굴로 확인하고는 '아차'했다.

채창영의 전두엽에 심어진 고가 사멸하며 모고母蠱가 자고子蠱의 죽음을 감지했으면 카르마를 이용해 고를 심은 자 역시 채창영의 상태를 확인했을 일이다.

그걸 간과했다.

천산파에 깊숙이 관여한 이자가 잠적을 유도하거나 명령했을 것이다. 그도 아니면 이미 철수했거나.

"어제 오후까지 천산파 문도들이 들어가는 것을 봤는데……."

덕치가 이철로 등과 함께 상욱 옆으로 와 중얼거렸다.

상욱은 그런 덕치를 일별하고는 이철로을 보며 말했다.

"잠깐 밖으로 나가죠."

"알겠네."

두 사람은 앞뜰로 나왔다. 그러자 이철로가 먼저 입을 열었다.

"실수를 했군. 충분히 확인할 수 있는 상황 파악을 했을 수 있었는데 말이지."

"그렇지 않아도 식량 창고를 찾아봤습니다. 5백여 명이나 천산파에 들어와 있었으면 식사량이 장난이 아니었을 텐데 텅 비어 있었습니다. 그 전에 식량을 쌓아 놓았다면 벽에 먼지가 쌓여 흔적이 남아야 합니다. 그런 표시도 없고, 아마 시선을 천산파 건물 자체에 고정하게 만들고 곧장 빠져나갔나 봅니다."

"나 역시 그 방의 비상 통로를 보며 무엇을 실수했는지 알았네. 그 숫자가 들어왔으면 부식을 조달하는 차나 사람의 이동을 확인했어야 했는데……."

"이미 지난 일입니다. 토굴의 방향으로 보아 나곡현 쪽과 반대쪽 같습니다. 그리고 그만한 토굴을 뚫어 몇 킬로를 가기는 불가능해 보이니 아마도 천연 동굴과 연결되어 있을 가능성이 높아 보입니다."

"알았네. 내가 덕치와 같이 살펴보겠네."

"굳이 가실 필요는 없습니다."

"왜?"

"그들이 갈 곳이 어디겠습니까?"

"그렇군. 서문혜를 찾아가겠군."

이철로가 미소를 지었다.

"그자를 데려 오십시오."

"덕치가 쓸모가 다 있군."

둘의 대화는 여기서 끝났다.

이철로는 남천산 정상 쪽으로 날듯 달려갔다.

채창영이 원기를 회복하지 못해 송면과 함께 동굴에 머물렀다. 그를 불러들여 삼파와 당문 사람들을 이리곡지로 보내도록 유도하려는 상욱의 의도를 이철로가 엿본 것이다.

상욱의 예상은 빗나가지 않았다.

토굴 안으로 들어갔던 제갈현중과 당사평이 낭패한 얼굴로 되돌아 나왔다.

당사평은 입구에서 기다리고 있던 삼파와 당문의 수뇌에게 말했다.

"토굴은 북쪽으로 향하는데 중간이 무너져 내려 있었습니다. 오래전부터 이런 상황을 대비했던 모양입니다."

천산파에서 서혈회를 추궁해 납치된 장로들을 찾고 죄를 물으려던 계획이 무산됐다.

이들이 일시에 잠적해 버리면 뒤가 찜찜한 것은 둘째 치고 삼파의 장로들은 죽은 목숨이라고 봐야 했다.

소림과 무당 그리고 청성 수뇌부는 불같이 노했다.

소림의 각화는 직접 토굴의 출구를 찾아 나섰다.

상욱은 그들과는 무관하게 당당과 함께 느긋하게 천산파를 둘러봤다. 이십여 개의 고각은 황폐했지만 건물 외벽에 새겨진 역사의 흔적들 지울 수 없는 무게를 지니고 있었다.

2시간가량을 일행과 관광 아닌 관광을 하다 저녁이 다 되었다.

토굴이 있는 천산파 장문인실로 향했다. 그곳에 삼파와 당문의 수뇌부가 모여 있었다.

그들은 탐탁지 않은 얼굴로 상욱 일행을 맞이했다.

"그대가 외인이라지만 지금까지 많은 일에 관여를 해 놓고, 왜 이제 와 손을 놓는가?"

무당 장문인 유현득은 답이 보이지 않자 상욱을 힐난했다. 하지만 그제와 달리 언어 선택이 부드러웠다.

"누가 그럽니까, 제가 손을 놓았다고?"

"여기서 그들의 종적을 놓쳤고, 석난경도 오늘까지 천산파로 문도들이 집결하기로 했다지 않는가. 이후 행사는 그녀도 모르고 있었고."

세검장의 이태후가 나섰다.

"적어도 서혈회 적당들이 도주한 동굴 입구 찾고 있으니 추격은 가능할 것 같소."

당사륵이 다른 의견이 있는지 상욱을 보며 말했다.

"어제……."

덜컹.

상욱이 입을 여는데 각화가 거칠게 문을 열고 들어왔다.

"찾았소."

"어디요?"

무당 장문인 유현득이 벌떡 일어났다.

"북천산 방향으로 3킬로미터 떨어진 지점에 한 사람이 지나갈 만한 출구가 있었소이다."

상욱은 그 말에 입꼬리가 비틀렸다. 예상을 벗어나지 않았다.

정황로 보아 천산파 문도들은 오는 족족 그곳으로 빠져나간 모양이다. 어디든 5백 명이란 숫자가 집결하면 이목에 잡힐 일이라, 혹여 있을 감시자의 눈을 속였던 것이 분명했다.

"제자들을 보내겠소."

무당 장문인은 당장 달려나갈 기세다.

그때 상욱이 일어났다. 기다렸던 채창영이 왔다.

"손님을 한 분 모셔야겠습니다."

그는 곧장 문을 열어 손짓을 했다.

건물 밖에서 송면이 60대 노인을 부축하고 다가왔다.

"누구요?"

그러자 궁금증에 각화가 물었다.

"찬산파의 전대 장로였다가, 서문혜에게 환멸을 느끼고

두 개의
심장을
가진 자

할 말이 있다고 찾아온 분입니다."

상욱의 말에 의자에 있던 삼파와 당문의 수뇌부가 일어났다. 그들은 60대 노인 채창영을 봤다.

겉보기엔 중병을 앓고 있는 모습으로 걷는 것도 힘에 부쳐보였다.

채창영은 그런 시선을 의식했는지 허리를 펴고 건물 안으로 들어왔다.

"천산파의 장로 채창영이라 하오. 주인이 손님을 맞아야 하나 사정이 여의치 않게 되었소이다."

그는 삼파와 당문의 수뇌부에게 몸을 돌리며 포권을 했다.

"당신은 서혈회의 사람들이 어디로 갔는지 알고 있소?"

무당 장문인 유현득이 단도직입 물었다.

"말하기에 앞서 부탁드리겠습니다. 천산파가 곧 서혈회는 아닙니다. 서혈회에 천산파 제자들이 대부분이기는 하나 서문보군 전대 장문인의 복수 때문에 뭉친 윗대 제자들 말고는 대부분 그 정을 모르고 있소이다. 2대와 3대 제자들은 위에서 시키니까 따를 뿐이오."

"사족을 달지 마시오. 서혈회의 행방을 알고 있소 아님 모르오?"

유현득은 집요했다.

"모르오."

"모른다고? 그것이 말이 되는가?"

"하지만 서문혜의 행방에 대해서 알고 있소."

"잠깐 흥분을 가라앉히시지요, 유 장문인."

각화가 유현득을 말리며 채창영에게 물었다.

"어차피 우리가 원하는 것은 서문혜의 행방이오. 그러니 그대가 서문혜가 있는 장소를 말하면 부탁에 대해 들어 보고 가부 결정을 내리겠소."

"천산파의 제자들에게 인정을 베풀어 주시오. 아니, 노력을 해 준다면 그녀가 있는 곳을 말하겠소."

"잠시 기다리시오."

각화는 삼파와 당문의 수뇌부를 불렀다. 그리고 한참을 논의하더니 채창영에게 답을 줬다.

"당신에게 천산파 제자들을 회유할 기회를 주겠소. 그런 이후에도 그들이 우리에게 칼을 겨눈다면 그 후 일은 장담하지 못하겠소."

"서문혜는 천산의 이리곡지에 있소."

채창영은 두말없이 답을 줬다.

그 넓이와 크기부터 압도적인 천산산맥을 보는 상욱은 가슴이 탁 트였다.

서장과 신장의 경계인 남천산은 멀리서 보면 완만한 경사로 만만해 보이지만, 해발 자체가 7,000미터가 넘는 고산이다. 이 산 정상부는 1년 365일 만년설을 이불 삼았다.

그 정상 박격달博格達에서 중천산으로 넘어가는 긴 계곡을 바라봤다.

그의 시선이 머문 토로번분지가 보였다. 일반인에게는 보이지 않는 그 끝에 자리한 이리곡지가 그의 눈에 들어왔다. 목적지가 지척이었다.

1백여 명의 무리가 한걸음에 달려간다 해도 반나절의 걸음.

채창영과 삼파와 당문을 번갈아 보는 그의 시선은 복잡해졌다.

삐이익.

이리곡지로 삼파와 당문 사람들이 들어서자 길목을 경계하던 천산파의 제자들이 신호를 보냈다.

이리곡지 끝에는 목조건물이 산재해 있고, 목책이 세워져 있었다.

그 목조건물 중 가장 안쪽 건물에서는 장정두가 서문혜의 폐관이 끝나길 기다렸다.

여기에 온 지 이틀.

제자 중 하나가 우연히 천산파를 감시하는 자를 발견하고 서둘러 토굴로 피신해 이곳에 자리를 잡았다. 그런데 벌써 발각이라니, 그의 얼굴이 굳어졌다.

그는 서둘러 건물을 나섰다.

넓은 공터에 천산파 제자들이 모여들고 각 당의 당주들과 향주들이 부산스럽게 명령을 내렸다.

"기관총을 거치해 놓고 크레모아에 전선을 연결하라."

이목향의 향주 가득구가 제자를 독려했고, 지부장들은 목책으로 올라가 정황을 살피느라 여념이 없었다.

"통령, 나오셨습니까?"

가득구가 굳은 얼굴로 장정두를 맞이했다.

"빨리도 쫓아왔군."

"공 노사의 전언이 사실이었나 봅니다. 채 향주가 마음에 걸린다더니."

"그럴 사람이 아닌데……."

"우선은 저들을 막는 것이 중요하지 않겠습니까?"

"어떠한 일이 있어도 시간을 끌어야 하네. 회주가 폐관에서 나오기 전에는 말일세."

"제자들 모두 결사 항전할 의지가 되어 있습니다."

가득구의 말에 장정두의 얼굴은 더욱 굳어졌다.

'기껏 일으켜 세운 천산파인데 얼마나 죽어 나갈지.'

꽉 쥔 주먹에 힘이 들어갔다.

당 문주 당사륵은 멀리 보이는 산채의 움직임을 보며 얼굴이 붉어졌다. 제법 단단해 보이는 목책으로 총구가 올라오고, 그 아래 곳곳에 설치된 사각의 폭발물이 보였다.

"저들은 아예 작정을 하고 있었습니다. 정말 악독하군요. 아미타불."

소림의 각화가 불호를 외며 당사륵의 옆에 섰다.

대책을 강구할 필요가 있었다. 호신강기를 몸에 두르지 않는 한 누구도 총알에서 자유로울 수 없었다.

"어떻게 하시겠소?"

당사륵이 각화에게 물었다.

"무엇보다 각원 사형의 안위가 문제 아닙니까. 납치된 다른 두 분도 마찬가지구요."

"그럼 답이 나와 있소. 어제 천산파의 장로와 한 약속처럼 그를 앞세워 일단 세 사람의 안위를 확인해 봅시다. 또 그가 나서서 저들의 의지가 무뎌질 수 있는 일이니."

당사륵이 결정을 하고는 수뇌부를 모아 뜻을 전달했다.

상욱은 삼파와 당문 사람들의 행사를 멀찍이 떨어져 지켜보고 있었다.

산채와 주변 지형지물을 보며 자연스럽게 일어난 공간지각은 3차 입체 영상처럼 공중에서 지상을 내려다보는 재구성을 했다.

산채는 천혜의 요새였다. 앞으로는 개활지라 시야가 확보되어 있고 뒤로는 절벽이 있는데, 그 밑이 항아리 바닥과 같아 침투도 어려웠다.

공격자의 입장에서는 최악의 장소였다.

그곳에서 총과 폭탄으로 막고 있으니 길을 뚫기 위해서는 희생이 불가피해 보였다.

그것을 아는지 삼파와 당문 수뇌부가 사람을 보내왔다.

일단 말이라도 붙이려면 설득할 만한 사람이 필요하니 채창영을 찾을 것이다. 그의 짐작은 빗나가지 않았다.

무당파의 강인준이 달려왔다.

"천산파의 채 장로를 뵙고 싶소."

그는 소림과 화산의 노장에게 고개를 숙여 인사하고 상욱에게 말했다.

상욱은 뒤돌아서서 채창영을 보았다.

여전히 핼쑥한 얼굴로 산채를 바라보는 채창영을, 정말 의외로 덕치가 부축하고 있었다.

"나에게 볼 일이 있소?"

채창영이 앞으로 나서자 덕치도 같이 했다.

"무당의 장문인께서 당신에게 기회를 주기로 하셨소."

"흐미, 고것이 어떻게 기회디야?"

옆에 있는 덕치의 얼굴이 붉어졌다. 그는 단번에 삼파와 당문 수뇌부의 의도를 파악했다.

한국말이라 다른 사람은 몰라도 강인준은 덕치의 말을 알아들었다.

얼굴이 붉어졌다.

"갑시다. 내가 제자들을 설득해 보겠소."

채창영은 망설이지 않았다.

여기서 전쟁은 천산파의 파멸과 같았다. 그가 나서자 불만 가득한 덕치가 채창영의 허리에 진기를 불어넣었다.

채창영의 발걸음이 빨라졌다.

상욱은 채창영을 부축해 멀어진 덕치를 보며 고개를 갸웃거렸다.

"그럴 사람이 아닌데 이상한가?"

송면이 옆에 섰다.

"확실히 그러네요."

"어제 덕치가 때린 것이 미안한지 채창영의 내상을 좀 봐 줬네. 그 후 이런저런 말을 나누며 호탕하게 몇 번 서로 웃더니 동기같이 대하더군."

"덕치 스님이 중국말을 할 줄 알던가요?"

"나보다 낫네. 의뭉하기가 멧돼지에게 채인 너구리보다 더하네."

이철로가 옆에서 오만상을 쓰고 있었다.

"하하하, 그랬습니까?"

상욱이 오래간만에 호쾌하게 웃었다.

분위기가 웃으면 안 되지만 그럴 만했다. 멧돼지와 먹이 영역이 같은 너구리가 멧돼지에게 받히면 발로 밟아도 죽은 척 꿈쩍을 않는다. 그러다 멧돼지가 한눈을 팔라치면 꽁무니가 빠지도록 도망쳐 버린다.

그런 너구리에 덕치를 비교하니 적절한 표현이다.

그는 세 노장로의 시선이 쏠리자 일단 웃음을 걷었다.

그리고 빠른 걸음으로 산 채로 접근하는 채창열과 덕치에게 눈을 고정했다.

"나 채창영이 왔다!"

그의 목소리에는 내공이 실리지 않았지만 카랑카랑한 외침은 100여 미터 밖 산채의 사람들이 듣기에 충분했다.

끼이익.

산채의 문이 열리며 장정두가 걸어 나왔다. 그는 20여 미터를 더 나와 멈춰 섰다.

"채 당주, 어째서 역심을 품었나?"

그는 대뜸 호통으로 채창영을 질타했다.

'역심.'

두 단어가 채창영의 가슴을 후벼 팠다. 잠시 멈칫한 그가 앞으로 다가가자 장정두가 손을 들었다.

"멈춰라."

"하～아, 이보게 장 동생."

한숨으로 말문을 튼 채창영이 예전 장정두의 호칭을 불렀다.

"정, 정신을 차렸소?"

두개의
심장을
가진자

"장 동생은 알고 있었나 보군, 내가 어떤 상태였는지. 굳이 그것까지 따져 묻지 않겠네. 제자들이 여기서 다시 본 파로 돌아갔으면 하네."

"그 말은 나에게 회주를 배신하라는 말과 같소."

"내 그대가 서문혜를 어찌 생각하는지 알고 있네만, 제자들의 목숨이 달려 있네."

"난…… 아니, 우리는 충분히 저들을 막을 수 있소."

"정녕 그리 생각하는가? 여기서 전투가 일어나면 삼파와 당문은 피해가 있을지언정 정기는 깨지지 않는다. 하지만 우리 천산파는 몇이나 살아남겠나? 더구나 회주는 극악무도한 행위를 했어."

"천산파 사람이라면 적과 동침을 하지 않소. 그리고 규율에 따라 배신자는 척결되어야 하오."

말을 마친 장정두의 눈에 살기가 들어찼다. 그는 오른손을 번쩍 들었다.

탕-.

총성이 이리곡지에 울려 퍼졌다.

채창영이 비틀거렸다. 덕치가 그런 채창영의 허리춤을 잡으며 왼손을 털었다.

"흐- 드럽게 씨아린 것."

툭.

그의 손에서 탄환이 떨어져 땅바닥을 굴렀다.

"고, 고맙소."

채창영이 목소리가 떨렸다.

설마 저격을 당할 줄은 몰랐다. 지금 내공이 고 때문에 흔들렸을 뿐이지 신체 능력 자체가 사라지지는 않았다.

그래서 눈앞으로 다가오는 총알을 보며 죽음을 예견했다.

그때 황금빛 서기가 눈을 막더니 미간을 향한 총알을 잡았다. 더불어 엄살을 떠는 덕치를 보며 감동했다.

그리고 무안했다. 삶과 죽음을 같이한 동료에게 배척당한 그 자신이.

그걸 덕치가 너스레로 덜어 줬다.

"갑시다. 대화는 끝났소."

탕─. 타다다당.

덕치의 말을 끝으로 장정두는 산채 안으로 사라지고 이리곡지에 총소리가 요란하게 울렸다.

쾅─.

덕치가 발을 굴렀다.

채창영은 몸이 허공으로 쑥 빨려 들어가는 느낌과 함께 다시 땅이 꺼지는 느낌이 들었다.

그렇게 네 번이었다.

그의 눈에 대지가 일순간 접히더니 어느새 상욱의 옆에 있었다.

"예상했을 일이지요?"

상욱이 채창영에게 담담히 말했다.

그러나 아직도 어안이 벙벙한 채창영이었다. 이런 덕치의 움직임이라면 화경의 경지였다. 그는 나곡현에서 천산파로 가는 길목에서 덕치가 손 속에 사정을 두었다는 것도 알게 됐다.

여러 가지로 복잡한 머릿속이다. 그때.

"유화책은 씨도 먹히지 않으니 답은 전면전뿐인가?"

입을 꼭 다물었던 청암이 앞으로 나섰다.

그 뒤를 소림의 능진 능행 사형제도 나섰다. 그들이 오늘 길을 열 모양이다.

"자네가 앞장서면 제격인데……."

"객이 주인 행세하는 격입니다. 지켜야 할 사람도 있고요."

상욱은 당당을 보며 딱 부러지게 말했다.

"젊은 사람이 손을 놓고 늙은이가 쟁기질 하게 생겼군. 알았네."

청암이 퉁명하게 말하고 발을 움직였다.

"어떻게 하시겠습니까?"

상욱이 이철로 등을 봤다.

"전투가 시작되면 저들의 뒤를 따라가겠네. 희생자를 최소화해야지."

이철로가 인상을 쓰며 대꾸했다.

청암과 능진 능행 사형제들은 강력했다. 호신강기를 두르고 삼파와 당문의 선봉에 섰다.

그 뒤를 소림 18금강 동인 각화를 비롯한 수뇌부가 따라갔다.

탕타다다당.

총알이 빗발치고 나중에는 산채 앞에서 폭발물이 터졌지만 그들의 발길을 잡을 수 없었다.

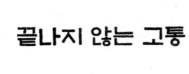

끝나지 않는 고통

화경에 이른 절대 고수의 존재는 화력의 차이를 극명하게
보여 줬다.

전면에 나선 소림과 화산의 세 노장로는 산채에서 쏟아지
는 총알을 피하더니 목채 앞의 크레모아가 터지는 폭발에도
거침이 없었다.

절대에 가까운 세 장로들은 신법과 호신강기를 펼쳐 목책
을 넘어섰다.

결국 총을 사용하던 서혈회의 사람들은 목책을 버리고 산
채가 밀집한 장소까지 후퇴를 했다.

폐관을 마치고 동굴 밖으로 나오던 서문혜는 출구가 가까

워질수록 들려오는 비명 소리에 화가 잔뜩 났다.

전후 사정을 따질 필요가 없었다. 그녀를 쫓아 삼파와 당문 놈들이 온 것이다.

"끼아아악!"

괴이한 기합성과 함께 날아오른 그녀는 천산마공을 끌어올렸다.

천산파의 신법 창룡박세蒼龍迫世의 초식만 빌린, 암흑박세暗黑迫世로 불려야 마땅한 신법이 펼쳐졌다.

검은 악기에 휩싸인 그녀는 검은 안개로 변해 동굴을 나오자마자 허공으로 올랐다가 산채 중앙으로 떨어졌다.

쿠ㅡ왕!

굉음과 함께 충격파가 이리곡지 방향으로 쏘아졌다. 그 여력에 휩싸인 삼파와 당문의 고수들은 4~5미터씩 튕겨 나뒹굴었다.

"크으으윽."

"으윽."

여기저기서 비명이 토해졌다.

비록 목숨을 잃은 자는 없었지만 그 위용에 다들 입을 다물었다.

그리고 악령의 날개 같은 검은 안개가 사라지고 그 자리에 서문혜가 오연히 고개를 들고 내려다봤다.

"감히 누가 나의 땅을 침범했느냐?"

그녀의 말이 끝나기 무섭게.

"서문혜다!"

무당의 제자 하나가 외쳤다.

"흥, 무당의 잡졸이 왔군. 나머지는 삼파의 떨거지렷다."

그녀는 무당의 제자에게서 시선을 떼더니 산채 곳곳에서 그녀를 보는 삼파와 당문의 사람들을 눈에 넣었다.

한 명도 살려 보내지 않겠다는 의지였다.

그러다 당 문주 당사륵에게 시선이 고정되었다. 아니, 당사륵의 심장을 뚫어지게 바라봤다.

그녀 눈에 탐욕이 차올랐다.

그녀의 손에 죽은 삼파의 장로들 심장에 심어진 혈정과 같은 것이 당사륵의 심장에 있었다.

그것은 당사륵 역시 마찬가지였다. 서문혜를 죽이면 큰 이변이 일어날 것 같은 막연한 감각이 그를 지배했다.

그와 동시에 포식자 앞에 선 초식동물의 두려움도 같이했다.

서문혜는 그런 당사륵을 놔두고 입꼬리가 올라갔다.

저들이 여기에 온 이유는 삼파의 장로들 때문이다. 이미 죽어 버린 자들이고, 그들을 이용해 더 큰 마음의 상처를 주고 싶어졌다.

그녀는 아들 장진명을 잃었을 때의 아픔을 저들에게 천배 만 배로 돌려줘야 직성이 풀릴 것 같았다.

서문혜는 오연한 자세로 삼파와 당문 사람들을 내려다봤다.

"너희가 그리 찾는 자들이 이 동굴 안에 있다. 데려갈 용의가 있느냐? 그리하려면 나를 넘어야 할 텐데."

명백한 도발이었지만 다들 침묵했다. 그녀가 보여 준 단 1초식의 무공이 삼파와 당문 수뇌들을 질리게 했다.

"아따, 인물이 없구만이~."

멀찍이 떨어져 서문혜를 지켜보던 덕치가 투덜거리며 상욱을 봤지만, 상욱의 눈은 소림의 두 노장로 능진, 능행과 화산의 청암에게 가 있었다.

전투가 시작한 이후 전방에서 길을 열었던 세 노장로는 서로를 보며 누가 먼저 나설지 결정을 했다.

"우리 사형제가 나서겠소."

능진이 청암을 보며 양해를 구했다.

"아무리 마녀라고 해도 정도를 잃어서야……."

강퍅한 얼굴에 카랑카랑한 목소리로 청암이 딴죽을 걸었다.

"틀리지 않은 말. 내가 나서겠소."

능행이 대답을 듣지 않고 큰 걸음으로 뛰어나갔다.

쿵. 쿵. 쿵.

금강대력공을 기반으로 한 능행의 첫 발걸음은 무거웠다.

본래 내력과 거력을 기반으로 한 그의 특기라 경공에 취약

했다. 그러나 이것도 절정 이하일 때 말이었다.

존향일품尊香一品의 첫발은 무거웠지만 두 번째, 세 번째 걸음은 가벼워져 먼지조차 일지 않았다.

"연대구품蓮臺九品!"

군웅의 무리 중에서 탄성이 터졌다. 소림의 신법 중 변의 묘리가 가장 심한 신법인 연대구품이 능행의 발에서 펼쳐졌으니 반전이었다.

서문혜 역시 다가오는 적을 두고 보지 않았다.

챙-.

허리에서 연검을 빼 들고 땅을 박찼다.

한 걸음에 20여 미터를 부유했다. 그리고 허공에 뜬 채로 위에서 아래로 검을 내리쳤다.

붉은 검기가 구름처럼 뭉치더니 강기로 변해 능행을 뭉개 갔다.

채창영이 덕치를 놀라게 했던 척천홍예검 설중홍예, 바로 그 초식이었다. 하지만 같은 초식에도 격이 달랐다. 산사태 같은 기운을 품은 기세의 붉은 강기가 공간을 잠식했다.

능행은 서문혜의 설중홍예 초식에 오히려 앞으로 튀어 나 갔다. 그의 신형이 쭉 늘어나더니 세 명의 능행이 나타났다.

그 능행 각각은 양손은 붉은 무지개로 변한 검강을 후려치고 걷어 내며 찍어 냈다.

결국 능행은 인간의 시각을 넘어설 만큼 빠른 변환으로 검강을 소멸시켰다.

능진은 금룡십이해擒龍十二解 쌍룡도미 등 세 초식을 유려하게 펼치는 사제 능행을 보며 이마에 주름을 잡았다.

능행은 덩치와 달리 어렸을 적에 겁이 많았다. 나이가 들며 철심鐵心이라 할 만했지만 강적을 만나면 소싯적 버릇이 나왔다. 오른 볼을 실룩였다.

서문혜의 검로가 그만큼 무겁다는 뜻이었다.

"일체개공一切皆空 도액度厄!"

능진이 불쑥 일갈을 토했다.

"마녀의 검에 목숨이 오가는데 농이오?"

능행은 시선을 서문혜에게 두고 능진에게 한마디를 던졌다.

두 사형제의 선사 원곡이 어린 능행이 겁을 먹으면 잠재울때 늘상 입에 담았던 법구가 일체개공 도액이었다.

나이 50 이후로 안 쓰던 말을 불쑥 던져 겁먹지 말라니, 어처구니없으면서도 사형의 각별한 맘 씀씀이가 느껴졌다.

그러며 마음 한 켠에는 서문혜를 제압하고자 하는 의지가 꿈틀거렸다. 능행의 발과 손이 빠르게 움직이면서도 여유가 보였다.

세 명의 능행이 다시 변환하며 아홉 명의 능행으로 늘어났다. 연대구품의 마지막 초식 상충만료법구품上充滿了法九品과 함께 손끝부터 어깨까지 금빛 기운이 넘실거렸다.

서문혜의 연검에는 그보다 더 강한 내공이 실렸다.

"아미타불."

불호성이 이리곡지를 흔들었다. 그리고.

콰—앙.

"사제는 물러나게."

능진이 능행의 자리를 대신했다.

능행이 소림 최고의 신법 중 하나인 연화구품과 72절예 중 금룡십이해 그리고 화엄신권으로 서문혜를 제압하려 했지만 계속에서 반 수씩 밀리더니 100초식을 넘어서자 쩔쩔매기 시작했다.

염치없지만 사제가 다치는 꼴은 보기 싫었다.

능진은 반야신공을 토대로 한 금강부동신법을 펼쳤다. 능행이 척천홍예검의 검강 끝을 피하다가 결국 화엄신권으로 막으려 하는 순간 끼어들었다. 능행이 마검을 막는다 해도 손목 하나는 내줘야 할 상황이었다.

능진의 움직임은 공간 이동을 방불케 했다. 그리고 주먹을 내질렀다.

쾅-.

턱. 턱.

충돌의 여력을 감당한 능진이 뒤로 두 걸음 물러나며 서문혜를 보았다.

그녀 역시 뒤로 밀렸지만 겨우 반 보였다. 왼발을 뒤로 디디며 충격을 흡수했다.

싸움에 끼어들어 허점을 파고들었는데도 손해를 봤다. 능진의 낯빛이 어두워졌다.

그리고 서문혜의 싸늘한 눈빛이 그의 폐부를 파고들었다.

"옴마니밧메훔."

항마후가 절로 나왔다.

서문혜의 눈빛에는 원념과 욕망이 교차하는 마魔가 잔뜩 끼어 있었다.

"흥, 고작 차륜전이냐?"

서문혜의 검이 가차 없이 움직였다.

검 끝에서 붉은 무지개가 다시 피어올라 능진의 목을 쳤다. 이게 말이 치는 것이지, 뭉게구름처럼 일어난 검강이 능진이 서 있는 공간을 뭉개 버렸다. 화선홍예였다.

그러나 무림 최고의 3대 신법 중 하나인 금강부동신법은 그만한 명성을 보여 줬다.

퉁─.

기러기의 깃털이 흐르는 물결에 날려 올라가는 형국으로 능진은 검강의 기류를 탔다.

꼭 한 뼘의 거리를 유지하며 검강의 범위에서 밀려 나고

두 개의
심장을
가진자

다가갔다.

금강부동의 시무외인施無畏絪은 서문혜가 휘두르고 찌르는 검의 그림자와 같았다.

"미꾸라지 같은."

척천홍예검을 타고 움직이는 능진을 보며 서문혜가 천산마공을 강하게 움켜잡고 돌렸다.

검은 마기가 다시 피어나며 검은 안개에 휩싸였다. 아니 안개 그 자체가 되었다.

암혼박세신법을 병행한 척천홍예검은 정말 무서웠다.

파랑에 이는 바람에도 반발력을 갖는 금강부동신법이건만 그 파장을 무기력하게 만들고 능진이 있는 공간을 찢어발겼다.

쾅─. 쾅.

그러자 능진의 금강부동신법의 운행이 바뀌었다.

엄지발가락을 축으로 해 허리와 상체로 이어지는 지면박력은 용천혈에서부터 명문혈을 거쳐 백회혈까지 일로관통 이어지며 반야의 내공이 상승했다.

그는 사악한 마기의 땅에 선 부처처럼 한 뼘가량을 허공에 머물다 퍽 사라졌다.

서문혜의 공격, 척천홍예검의 절초 홍예개벽은 10여 미터 밖에서 공간을 열며 붉은 검강이 불쑥 튀어나왔지만 능진의 이 항마촉지降魔觸地 초식을 쫓지 못했다. 그리고 능진이 주먹을 앞으로 뻗었다.

석가래현釋迦來現.

미륵탁천彌勒濯天.

불법앙앙佛法仰仰.

지난날 이 세 초식의 권법 백보신권을 익히기 위해 지새운 밤이 숱했다.

코흘리개 적에 대야에 물을 떠 놓고 주먹을 내리쳐 물보라를 만들고, 청년이 되어서는 우물에 서서 지하 30미터 아래 우물물에 권풍이 닿도록 때렸다.

나중에 중년에 이르러서는 백 보 밖 바위에 손자국을 찍었다.

그리고 화경이 되어서는 사람이 점으로 보이는 곳에 바람으로 떨어지는 낙엽을 강기로 가루도 남기지 않았다.

의재의형意在意形. 뜻이 있는 곳에 의지가 닿았다.

그 백보신권이 서문혜의 손목을 노렸다.

상욱은 산채를 막고 있는 나무 망루에서 서문혜와 능진의 싸움을 보다가 그 너머에 있는 동굴로 시선을 옮겼다.

미약하지만 카르의 악취가 그곳에서 풍겨 나왔다.

서문혜와 능진의 싸움이 흥미롭기는 하지만 빠져들 정도는 아니었다. 그는 이철로를 봤다.

"이 사람을 돌봐주십시오."

상욱은 당당의 어깨를 잡고 그의 앞으로 놓으며 말했다.

"왜, 어디 가게?"

"어디 가요?"

이철로와 당당이 동시에 물었다.

하지만 상욱은 말없이 몸을 돌려 서문혜가 나온 동굴을 봤다.

"서문혜가 폐관했던 연공관이오."

이철로의 뒤에 있던 채창영이 답을 했다.

"다녀오겠습니다."

상욱이 말하기 무섭게 발을 굴렀다.

팟─.

작은 진동과 함께 상욱이 사라졌다. 능진의 금강부동신법과는 그 차원이 달랐다.

신법의 형태는 구변속보가 절기였지만 그 속은 하늘과 땅만큼의 차이가 있었다. 도추지경에 이른 지금 형形은 의미가 없어지고 의意만 남았다.

공간 이동 마법만큼이나 순간순간 모습이 몇십 미터씩 잠깐잠깐 보이더니 곧 동굴 안으로 사라졌다.

"참 나 이거, 그새 또 늘었군. 쩝."

송만이 마른입을 다셨다. 그는 송면으로부터 상욱이 도추지경에 이르렀다 말은 들었지만 눈으로 확인하지 않은 상황이었다.

그것을 직접 확인하자 의지가 활활 타올랐다.

그 옆에 있는 이철로 등 세 사람의 눈빛도 같았다. 다만 당당과 채창영은 경악을 넘어 소스라치고 있었다.

채창영은 상욱에게 당한 바가 있어 그 경지를 엿봤지만 당당은 아니었다.

그녀는 상욱이 한 말을 되뇌었다.

여기 오기 전 나곡현 여관에서 상욱은 그의 옆자리가 가장 안전하다고 했다. 그 말을 듣고 약간의 허풍이라 생각했었다.

그런데 그 농담 같은 말이 사실일 줄이야.

갑자기 상욱의 빈자리가 커 보이고, 중소 문파를 하룻밤에 지워 버릴 수 있다는 네 명의 고수가 중늙은이처럼 초라해 보였다.

동굴 안으로 들어선 상욱은 우뚝 멈춰 섰다.

비위가 좋은 그였지만 피비린내와 찢긴 살 냄새는 그의 발걸음을 잡기에 충분했다.

"미친년!"

그의 입에서 욕이 튀어나왔다.

냄새가 이 정도면 삼파 세 장로의 배를 가르고 장기를 적출해야 날 정도였다. 여기에 찐득하고 끈끈한 죽음의 냄새는 인간 도축장이라 해도 과언이 아니었다.

잠시 멈췄던 상욱의 발걸음이 다시 **빨라졌다**. 이내 막다른 곳에 이르러 멈췄다.

동굴의 막장이었음 직한 곳에 달렸을 철문이 안쪽에서부터 밖으로 박살이 나 있었다.

그 끝에는 피 구덩이가 있어 철문 앞에서 대기하던 자가 철문이 부서지는 압력에 쓸려 죽은 모양이었다.

그곳을 지나쳐 동굴 끝으로 들어가자 카르마의 악취가 진동을 했다.

여기에 폐관 수련을 했는지 침대와 벽곡단이 담긴 항아리가 보였고, 구석에 세 구의 시신이 벌거벗겨져 있었다.

상욱이 가까이 다가가 살폈다.

가슴을 보호하는 흉골이 짓이겨지고 심장이 있어야 할 자리가 휑했다. 게다가 시강(시체의 경직도)이 풀어져 사흘 밤낮이 지났어도 부패가 일어나지 않은 점으로 미루어 짐작할 때, 세 장로는 죽기 전에 몸에 있던 피를 전부 **빨렸거나** 흡수당한 것이었다.

상욱은 침대를 향해 손을 뻗었다. 침대보가 내공에 끌려와 손에 잡혔다.

그 침대보를 깔고 죽은 세 장로의 시신을 감쌌다.

시신을 안고 동굴을 나오려는데 악취와 향기가 겹쳐 머리 위에서 맴돌았다.

고개를 들어 보니 천장에 원형 마법진에 새겨진 알고리즘과 함께 중앙에 박힌 알사탕만 한 구슬이 회갈색 빛을 발하고 있었다.

상욱의 가슴이 철렁 내려앉았다.

어릴 적 잃어버렸던 소중한 물건을 찾은 행운이 이런 느낌이 이럴까?

그는 그도 모르게 손을 뻗어 마법진 안의 구슬을 꼽아 내고는 손짓을 했다. 그러자 천장 위에 그려진 마법진이 먼지가 되어 떨어져 내렸다.

상욱은 그 자리에서 사라졌다.

다시 동굴을 나서는 상욱은 그의 손에 든 구슬을 보았다. 서문혜가 모은 카르마였는데, 어떤 방식으로 구슬로 만들었는지 궁금증이 일었다.

만약 상욱이 이 구슬이 서문혜가 1천 명의 동남동녀의 정혈을 뽑아낸 백혈이란 것을 알았다면 결코 손에 쥐지 않았을 것이다.

어쨌든 서문혜는 백혈 안에 담긴 카르마를 다 소화해 내지 못했다. 온전히 흡수를 하기 위해서는 당사릅의 심장까지 취했어야 했다.

그리고 천장에 그려진 조악한 마법진은 마계 귀족들이 살육을 통해 카르를 착취하는 극자흡성極磁吸性의 원리인 악업의 불을 기본 원리만 풀이해 놓은 것이었다.

결코 지구에서 나타나서는 안 될 마계의 지식이라 상욱은

두개의
심장을
가진자

소멸시켜 버렸다.

이로써 상욱은 서장에서 어떤 일이 이루어지고 있는지 그 궤적을 확실히 그릴 수 있었다.

그사이 옮긴 발걸음으로 동굴 밖의 빛이 상욱의 동공을 축소시켰다.

이쯤 능행과 서문혜의 싸움은 절정에 달했다.

이를 지켜보던 청암의 눈이 날카롭게 빛났다. 여기까지 오며 사제에 대한 복수의 칼을 벼려 왔다.

소림의 능진, 능행 사형제들에게 합공은 정파의 수치라고 말했지만, 그것은 단지 말장난에 불과했다.

살아왔던 날은 살날보다 몇 곱절 많고, 살날은 길어야 기껏 20년이다. 회한을 갖고 살기에는 가는 길이 무거웠다.

그리고 그의 인생은 비단을 자르는 제단 칼이었다. 몰랐으면 모르되 잘라야 할 원한을 알았으니 그의 손으로 직접 해결하려 했다.

소림의 능자 배 두 사형제가 마녀의 힘을 뺐으니 이제 그의 검이 나갈 차례였다.

그 순간이 찾아왔다.

마녀가 능진의 백보신권을 쳐 내려고 붉은 검강을 쪼개 수십 개로 찔러 왔다. 능진을 끝장내려고 그 기세가 장난이 아니었다.

그리고 능진의 등이 커졌다.

쾅.

충돌의 여파로 능진이 튕기자 청암은 벼락같이 그 틈으로 끼어들었다.

세인이 화산의 제일검이란 별호로 부른 세월이 20년이다. 그 검이 허공을 갈랐다.

설중암향부동화雪中暗香不凍花.

그가 평생 동안 매화24검식을 접고 접어 만든 한 초식이다.

동토에서도 얼지 않는 매화 향을 피운다는 이 초식은 적이 있는 곳에 그의 검이 있었다는 것이 주된 요결로, 어검술과 탄강이 혼합된 현경인 심검의 아래 단계 어검탄이었다.

화살 모양으로 변한 강기는 서문혜의 가슴을 꿰뚫는 듯 보였다.

"카야악!"

서문혜는 비명과 같은 기합을 토하며 연검을 거칠게 쳐올렸다.

쾅. 쾅. 쾅-.

충돌의 여파로 흙먼지가 비산하고 서문혜는 검은 안개에 쌓여 뒤로 훨훨 날아가더니 중력을 역행해 천천히 내려섰다.

청암은 회심의 일수가 무산되자 손을 털어 먼지를 걷어 내며 소림 능자 배 사형제의 옆에 섰다.

두 개의
심장을
가진 자

잠시 이리곡지에 침묵이 흘렀다.

그때 상욱이 충돌이 일어난 공지에 내려섰다.

그리고 몸을 돌려 서문혜를 봤다.

베이징에서 봤던 서문혜와 지금의 서문혜는 너무나도 달랐다. 고작 일류에 불과했던 여자가 지금은 화경을 넘어선 절대 고수의 풍모를 풍겼다.

악업의 불로 세 장로의 정혈과 그의 손에 있는 카르마의 정수를 흡수한 것이 분명했다.

"사람이 살면서 가는 길과 오는 길, 서로 마주칠 경우의 수가 얼마나 될까요? 굳이 찾는다 해도 어긋나기 십상인데 이렇게 만나다니, 우리가 인연이긴 인연인가 봅니다."

상욱은 짊어진 삼파의 세 장로의 시신을 내려놓으며 서문혜를 보았다. 청춘들이 해후를 하는 말과 같았지만 진한 살기가 담겼다.

"호호호, 그렇지 않아도 그대는 꼭 만나고 싶었어요. 장진명 그 아이를 그대가 잡는 순간 돌아올 수 없는 강을 건넜으니까요."

말을 하는 서문혜는 내공을 극한까지 끌어올렸다.

"보고 싶다는 말이 사실이군요, 이리 격하게 환대를 해 주니. 하지만 이분들에 대해서는 해명이 필요할 거요."

상욱은 서문혜와 손을 섞기 싫어 뒤로 두 걸음 물러났다. 그러며 가볍게 손을 흔들자 침대보가 풀어지며 세 장로의 주검이 드러났다.

"쥐새끼 같으니."

결국 서문혜의 입에서 거친 욕이 나왔다.

하지만 상욱은 피식 웃고는 자리를 비켜섰다. 뒤에 있던 삼파의 수뇌부가 뛰어나오고 있었다.

침대보에 싸인 시체가 비록 나체였지만 수십 년을 부대껴 온 사람이라 금세 알아봤다.

"크흐흑, 형님."

"으—윽, 사제."

"아미타불, 나무아비타불."

이태후가 무너져 내려 무릎을 꿇었고 유현득은 주먹을 말아 쥐고 부르르 떨었다. 그들 뒤에 선 각화는 연신 불호를 외웠다.

삼파와 당문 제자들은 그제야 정황을 파악하고 분노에 떨었다. 그리고 팽팽해진 살기가 이리곡지 산채 안쪽으로 뻗었다.

"오호호호호!"

서문혜가 갑자기 미친 듯 웃었다.

"회, 회주……."

서혈회 통령 장정두가 회한에 찬 눈으로 서문혜를 불렀다.

"저 찢어 죽일 놈들 얼굴을 봐. 꼴에 저것들도 인간이라고 내 아버지와 아들이 죽을 때 느꼈던 비애를 느끼나 보지. 하지만 멀었어, 이제 시작이야. 원한은 백배 천 배로 갚아서 저것들의 눈에서 피눈물이 마르지 않게 해야 해."

서문혜는 광기를 보였다.

"마녀, 내 기필코 천산파와 관련된 종자들은 구족까지 씨를 말려 버리겠다."

무당 장문인 유현득도 지지 않고 저주를 퍼부었다. 하지만 그뿐이었다.

그러나 유현득과 같은 원한은 그의 몫만은 아니었다. 서문혜를 죽이고 싶은 사람들은 양손으로 꼽다 못해 넘쳤다.

그중에는 화산의 청암도 있었다.

그가 나서자 상욱은 다시 멀찍이 뒤로 물러나 당당의 옆에 섰다. 거기는 그의 전장이 아니었다.

"이대로 손을 놓고만 있지는 않겠지?"

청암이 능행을 보며 말했다. 능진과 달리 능행은 고개를 끄덕였다.

"제자가 죽었으니 마녀의 단전을 깨고 참회동에서 100년은 속죄케 해야 할 것이오. 백골이 풍진에 진토가 되도록……."

능행의 말에 능진이 고개를 흔들었지만 그 역시 능행의 옆에 섰다.

그리고 선공은 청암의 선택이었다.

서문혜는 청암이 능진, 능행과 함께 합공을 하려 하자 오히려 미소를 지었다. 저들을 죽여 피로 목욕을 하고 정기를 흡수할 기회로 봤다.

그래서 오른손 검지를 까딱거려 도발했다.

"핫!"

청암은 기합으로 기세를 담아 달려가며 서문혜의 머리를 향해 검을 쭉 내밀었다.

매화 향이 세상을 어지럽히며 청암의 군자검君子劍이 무료하게 움직였다.

덩달아 서문혜의 시간도 느려졌다.

설중암향부동화.

이 검의 품격이 청암과 서문혜의 공간을 지배해 버렸다.

그러자 서문혜는 불쾌한 공간 지배력을 깨기 위해 진각을 밟았다.

쾅—.

대지가 흔들리며 거미줄처럼 앞으로 쩍 갈라졌다. 그 균열을 타고 서문혜도 청암에게 달려 나갔다. 오른손에 연검을 말아 붕대처럼 감더니 왼손과 더불어 내질렀다.

그 주먹 끝에 강기가 만들어져 청암을 목표로 때렸다.

하지만 청암이 있던 자리는 군자검만 존재했다. 심검합일을 이룬 군자검의 끝은 오로지 서문혜의 미간만을 노리며 찔러 갔다.

결국 서문혜의 권강과 군자검이 부딪쳤다.

쩡—.

예상과 달리 얼음이 깨지는 소리만 들렸다.

군자검이 송곳처럼 서문혜의 권강을 비집었다. 이도 잠시, 비트고 반회전하는 권강, 굉투철권72로轟鬪鐵拳72路는 군자검을 흔들었다.

두. 둥. 퉁. 쿵. 쾅ㅡ.

충돌 음이 상승하더니 폭음이 터졌다.

"마녀야, 대단하구나."

청암은 권강의 기세를 감당하지 못하고 서문혜를 뛰어넘었다.

서문혜가 뒤돌아서 청암을 공격하려는데 앞쪽 좌우에서 묵직한 권강과 손의 환영이 쏟아져 들어왔다.

능진의 백보신권과 능행이 연대구품으로 극상의 환영을 만든 후 펼친 화엄신권은 무시할 수 없었다.

"으득."

어금니를 꽉 깨문 서문혜다.

그녀는 청암에게서 몸을 돌리며 왼손을 단전으로 끌었다가 밀었다. 천산파 세 시조 중 지선 황조가 만들고 익히지 못한 가공의 무학 공진멸空震滅 중 첫 초식인 공진이었다.

"사제, 부딪치지 마라."

능진이 백보신공의 미륵탁천과 불법앙앙의 나머지 두 초식으로 공진의 기세를 비껴 치며 방향을 틀었다.

능행도 화엄신권으로 서문혜가 펼친 1초식의 무학을 위로 걷어올리는 데 전력을 다했다.

쿠-왕.

그럼에도 충돌을 피하지 못했다. 능진과 능행이 주르르 밀렸다.

청암은 그 자리에서 잠시 굳었다.

애초에 군자검으로 서문혜에게 설중암향부동화를 펼칠 때 서문혜를 어쩔 수 없다는 것은 알았다. 그래서 충돌과 함께 서문혜를 뛰어넘어 서문혜의 뒤를 점했다.

그의 의도는 성공했고, 능진 능행도 좌우로 벌려 서문혜의 사각에서 공격에 들어갔다.

그런데 능진 능행을 일 수에 떨칠 저런 공격력이라니.

'내공만 받쳐 준다면 서문혜의 저 1초식을 누가 감당할까?'

그는 안도의 숨을 내쉬며 다시 군자검과 심검합일하고 서문혜의 등을 찔러 갔다. 그도 군자검에 최선을 다한 것은 아니었다.

30분이 지났다.

삼 대 일의 싸움은 도돌이표처럼 겉도는 형세였다.

서문혜는 능진, 능행, 청암 셋 중 하나에게 등을 내줄 수밖에 없었고, 뒤를 방어하면 앞에서 공격을 했다. 또 그녀가 공진멸의 공진의 초식으로 한 사람을 몰면, 남은 둘이 여지없이 서문혜의 좌우에서 공격을 해 왔다.

하지만 이 도돌이표도 마침표를 찍어 가고 있었다.

두 개의
심장을
가진 자

이 상황은 사냥개가 멧돼지를 사냥하는 것과 같았다.

덩치와 힘 그리고 스피드 면에서 사냥개는 멧돼지의 상대가 되지 않는다. 그럼에도 사냥을 당하는 쪽은 거의 멧돼지다.

사냥개들은 노련하게 멧돼지의 뒤축을 물어 잔상처를 내고 힘을 빼 결국에 가서는 멧돼지가 자포자기하고 도망을 간다.

그러면 사냥개들은 멧돼지의 앞을 막고 약점인 코를 물고 늘어진다.

다시 멧돼지는 사냥개들을 머리로 박고 긴 어금니로 물려고 하지만 항상 다른 놈에게 발뒤축을 내줘 힘만 빼기를 반복하다 사냥을 당하게 된다.

지금 상황이 그랬다.

서문혜는 점점 지쳐 갔다. 수십 년을 단련해, 천산파의 시조인 삼선의 초식을 꾸준하게 연마하여 호랑이와 같은 어금니와 앞발을 가졌다면 감히 사냥개가 달려들 수 있겠는가?

그렇다고 조력자가 있는 것도 아니었다.

천산파의 통령 장정두를 비롯한 절정급에 가까운 고수들이 그녀를 돕기 위해 나섰지만, 삼파와 당문의 수뇌부가 그들의 앞을 막아섰다.

납치된 세 장로의 죽음을 보지 않았다면 모를까, 심장이 적출된 모습을 보았으니. 그들의 분노는 정파로서의 정당성을 땅속 깊이 심어 버렸다.

서문혜는 수세에 밀리면서도 마지막 남은 한 수를 준비했다.

천산마공을 역전했다. 독맥의 경혈인 단전에서 회음혈을 지나 명문혈로 이어지는 혈도에 내공을 거꾸로 돌렸다.

제 길을 가야 할 내공이 정체되고 그 뒤를 이어 오는 내공과 현재 끌어올린 내공이 만나 쌓였다. 이런 내공의 역전을 세 번이나 반복했다.

서문혜의 얼굴이 붉어지고 전신이 팽창해 부풀어 올랐다.

"조심하라!"

청암은 군자검으로 서문혜를 찔러 가다가 괴이하게 변하는 서문혜를 보고 능진, 능행에게 외쳤다.

뭉치고 뭉쳐 쌓인 천산마공의 내공을 서문혜는 양팔로 보내고는 세 노장로를 향해 거칠게 내밀었다.

우—웅.

무형의 강기가 세 노장로의 공간을 잠식했다. 공진멸의 둘째 초식 진멸震滅이었다.

청암과 능진 그리고 능행은 서문혜가 던진 마지막 승부수를 비켜 가지 못할 듯 보였다.

그때 능진이 금강부동신법으로 능행의 뒤로 가 양손을 능행의 명문혈에 댔다.

능행은 두 눈을 부릅뜨고 대해처럼 격체진력으로 밀려오는 능진의 내공을 받아들였다.

스흡-. 찹. 스흡-. 찹.

단 두 호흡이었다.

팡-.

진각을 밟으며 능행이 앞으로 튀어 나갔다.

노란 가사가 내공의 압박을 버티지 못하고 터져 나갔다. 능진의 내공이 더해져 아라한의 내공이 전신을 치달리고 있었다.

능행은 나이가 무색하게 꿈틀거리는 상체 근육을 보이며 황금빛 금강인金剛人이 되어 갔다.

소림사의 수호공인 아라한신공은 그를 금강의 법신인 금불로 만들었다. 현경에 이르러야 가능한 금불의 경지였지만 사형 능진의 진신내공을 일순간에 받아 유지했다.

그 결과 능진은 그 자리를 피해 멀찍이 삼파와 당문 수뇌부가 있는 곳까지 물러나 가부좌를 틀고 운기조식에 들었다.

어쨌든 능행은 금불이 되어 서문혜의 앞까지 파고들어 진멸을 막아섰다. 단 1초식이지만 아라한신권은 그만한 위력이 담겼다.

쾅-.

공간을 잠식하는 기운과 권강이 부딪쳤다.

그러나 서문혜의 진멸은 가공스러웠다. 그 충돌의 여파로 능행은 피를 토하며 서문혜와 마주 보며 반대로 튕겨 나갔다.

그런 그의 눈에 서문혜의 등 뒤로 군자검이 크게 확대됐다. 그 와중에 합장을 하며 눈을 감았다.

　서문혜는 능행의 합장과 그녀의 뒤쪽으로 예리하게 파고
드는 살기에 돌아서며 날뛰는 내기를 죽이며 오른손을 단전
으로 끌었다가 밀어 냈다.

　공진멸의 공진이 청암을 눌러 내렸다.

　청암은 이를 꽉 깨물었다. 벌써 다섯 번이나 본 초식이다.
허점이 없지만 무너트리지 못할 무공이 아니었다.

　더구나 지금 이 순간을 위해 아껴 둔 한 수가 있었다.

　군자검의 끝부터 자주색으로 물들더니 청암의 전신으로
퍼졌다. 화산의 지존공 자하신공紫霞神功이 그가 숨겨 둔 한
수였다.

　설중암향부동화의 신검합일된 군자검이 무결의 공진과 충
돌했다.

　티티티틱탁.

　퍽-.

　군자검이 무형의 강기로 이루어진 공진을 힘으로 뚫어 나
갔다.

　하지만 초식의 한계가 있어 그 기세가 줄어들었다. 그 순
간 청암이 군자검에서 손을 뗐다.

　여의제물如意制物.

　어검술의 마지막 단계가 설중암향부동화의 일 수로 피어
났다. 순식간에 서문혜가 혼신을 다해 펼치는 공진이 창호지

처럼 찢겼다.

퍼―벅.

비명도 없었다. 서문혜는 허공에 떠 의지와 상관없이 10미터를 쪽 날더니 땅바닥에 나뒹굴었다.

청암은 창백해진 얼굴로 서문혜의 왼 가슴을 뚫은 군자검을 의지로 조종해 오른손으로 받아 쥐었다.

모든 것이 끝났다. 하지만.

서울 하늘이 보고 싶군

"그마—안!"

내공이 잔뜩 실린 정체불명의 일갈이 이리곡지를 흔들었다.

그 시작은 토로번분지와 이리곡지가 맞닿은 3킬로미터 밖에서부터였고, 그곳에서 검은 점 두 개가 빠르게 다가와 산채 안으로 날아들었다.

콰—왕.

그 두 개의 점은 곧 사람이 되어 내려앉았다. 먼지가 일어났지만 곧 바람에 가셨다.

정체불명의 중년인 두 명이 서 있었다.

"은인!"

당사륵은 그도 모르게 외쳤다.

그러자 삼파의 수뇌부는 저 둘 중 한 명이 서문보군의 죽음에 깊숙이 개입했다는 것을 알게 됐다.

누가 있어 당사륵에게 은인 소리를 듣겠는가?

그렇게 종규와 공명후가 등장했다.

종규는 좌중을 둘러보고는 말없이 걸어 서문혜에게 다가갔다. 그리고 그는 심장을 꿰뚫린 서문혜를 공허한 눈으로 바라보았다.

"당, 당신. 왔군요."

죽음의 기운이 내려앉은 서문혜의 입꼬리가 올라갔다. 애잔한 표정에서 항상 그를 바라보던 애증이 사라졌다.

"내가 왔소."

종규는 그녀의 옆에 앉더니 서문혜의 상체를 무릎에 받쳤다.

"진즉 이래 주지."

"그럴 걸 그랬군."

종규는 왼손으로 서문혜의 등을 받치고 오른손으로 가슴을 쓸었다. 그리고 왼쪽 뺨을 쓰다듬었다.

그러자 서문혜가 두 눈을 부릅뜨며 붉어졌다가 고개를 떨구었다. 죽음을 맞이한 것이다.

"하—아."

종규가 하늘을 올려다보며 긴 한숨을 토했다.

두 개의
심장을
가진 자

분노 때문인지 흰 입김이 길게 품어지며 약간 거칠어진 숨을 가다듬었다. 그러자 그 주변으로 공간이 일그러지고 요동 쳤다.

"공 사제, 그녀를 세워 지켜보게 해 주게. 그녀가 가는 길에 동무가 있어야 하지 않겠는가?"

종규가 말을 하며 일어서서 뒤돌아섰다.

"네, 사형."

공명후가 서문혜를 안아 들었고 종규 옆에 섰다.

갑자기 서슬 퍼런 눈으로 바뀐 종규가 상욱을 지목했다.

종규는 상욱에게서 섬뜩한 느낌을 받았다. 바닥이 보이지 않는 무저갱 앞에 서서 허리를 내밀고 내려다보는 아찔함이 스쳐 지나갔다.

그것은 찰나였다.

상욱이 고개를 끄덕였다.

"그대가 반도에서 온 박상욱이란 자인가?"

"그렇소."

상욱이 대수롭지 않게 나섰다. 말려 올라간 입매가 명백한 비웃음이었다.

종규의 본모습이 그의 심상 안에 그려졌다.

뱀파이어릭으로 본 종규는 인간이 아니었다. 인두겁을 쓴 요괴 같았다. 심하게 꼬인 근육과 최소화된 위장과 대장과 비대한 심장과 간 그리고 폐는 카르마로 가득 차 있다.

채창영의 말처럼 이자가 고를 사용한 것이 틀림없었다. 그리고 마왕 에블리스의 기억은 이자의 죽음을 원하고 있었다.

상욱을 바라보는 종규의 눈도 심상치 않았다.

"너로 인해 이 사달이 났다. 그 책임은 나중에 묻겠다."

종규는 뜬금없는 소리를 하며 이번에는 청암을 향했다.

"청암, 청암. 네가 서문혜에게 검을 들이대다니."

종규는 고개를 흔들며 안타까운 척을 했다.

"허허, 내 오다가다 당신을 알게 지낸 지 한 갑자가 다 되어 가지만 그런 소리를 들을 처지는 아니라고 보는데."

"난 분명히 너에게 말했다. 이 분란으로 인한 모든 책임은 그대들에게 돌아갈 것이라고."

"개 방구 같은 소리. 네가 무슨 무림의 지존이라도 된단 말이냐?"

"힘을 갖고 있다면 못 할 소리도 아니지."

종규는 오른손을 허리춤으로 가져가 장갑을 꼈다.

지금 이 순간 소림의 능진 능행 두 장로는 누구보다 당혹스러웠다. 둘은 의혹을 걷어 내지 못했다.

청암이 서문혜를 죽였는데 서문혜와 각별한 사이로 보이는 종규라는 자와는 또 모종의 거래가 있어 보였다. 도대체 종잡을 수 없는 판 속이다.

게다가 그때 당사륵이 나섰다.

"은인, 오랜만에 뵙습니다."

두 개의
심장을
가진 자

"몇십 년이 지났는데도 용케 알아보는군."

종규는 당사륵을 무심히 봤다.

그러나 그 역시 서문혜와 다르지 않았다. 눈 깊은 곳에서는 탐욕의 불길이 활활 타올랐다.

오늘이 오기를 무려 40년을 기다렸다.

종규는 요괴였다. 얼굴에 주름을 잡아 주고 어깨에 힘을 빼 축 처지게 해 등을 굽혔지만, 한판의 연극 무대에서 노인으로 분장한 역할 놀이에 지나지 않았다.

그럴 수밖에 없었다. 그는 세상에 파고든 부정의 존재 중하나였다.

배화교. 마교 그리고 그들 스스로 칭한 현교炫敎라 불리는 교의 절대 지존이 그의 정체였다.

비록 청나라 이후 몰락의 길을 들어선 현교지만 현재도 중동과 중국에 걸쳐 1만 5천의 신도를 가진 종교 단체다. 이도 옛 현교의 영화에 비하면 바닷물에 한 방울의 물을 찍어 낸격이라 부활을 꿈꾸었다.

물론 종규도 처음부터 부정의 존재는 아니었다. 그는 자질이 평범한 현교의 교도였을 뿐이었다. 오히려 사제 공명후가 천재였다.

단지 그는 그의 조부가 현교 교주였기에 현교 소교주란 직책을 맡았을 뿐이었다. 이도 교세를 조부 종천이 장악하고 있어 불협화음이 나오지 않았을 뿐 종천이 사망하면 반란의 소지가 다분했다.

그런 그에게 행운이 찾아왔다. 현교의 본산인 페르시아 제국의 옛 도시 페레세를 순례하다가, 성전聖典 아베스타가 보관되어 있던 현교의 성소에서 묘한 이끌림을 받았다.

그곳에서 비밀의 방을 발견한 그는 현교의 주신 아후라마즈다에서 분리된 사령邪靈 앙그라 마이뉴(배화교의 사탄)의 재림이라는 천마3세 가란다의 내단을 얻었다.

하지만 보통 인간에 불과한 그는 근 50년을 화석이 되어 그 내단을 녹여야 했다.

그리고 앙그라 마이뉴의 종이 되어 다시 천산으로 돌아갔다.

세월은 많은 것을 바꾸어 놓았다. 천산 마교라고까지 불렸던 현교는 그 정기를 잃었고 교도들은 늙어 노인들에 불과했다. 그나마 몇몇 젊은이들이 남았지만 무기력한 현교의 종복일 뿐이었다.

현교의 부활을 위한 그 첫 작업으로 천산파를 선택했다. 그는 천마3세 가란다의 내단을 취했지만 일천했던 내공은 건곤대나이신공을 완성하기에는 미흡했다.

그래서 카르마를 얻기 위해 서문보군에게 혈정을 심고, 이 혈흡기의 연공법을 서문혜를 통해 전달했다.

그의 행보는 거침이 없었다.

서문보군은 맥마흔 라인 전장에서 끊임없이 인도군의 피

두개의
심장을
가진자

를 갈구했다. 곧 서문보군의 카르마가 절정에 달하자, 종규는 그의 직할대인 몽서군 특기대를 자극했다.

당사륵을 수뇌로 한 몇몇이 서문보군의 실체를 알아내고 반란이 일어났다.

삶에 대한 투쟁을 벌인 특기대였지만 종규에게는 기회였다. 힘이 빠진 서문보군을 막다른 길로 몰아 목을 쳐 혈정을 흡수했다.

그리고 살아남았지만 지쳐 쓰러진 네 사람을 돌보며 혈정의 씨앗을 심어 놓았다.

결과는 만족스러웠다.

서문혜는 구파와 오대 세가를 원수로 알고 복수의 칼을 갈았고, 혈정이 심어진 특기대의 네 사람은 그를 은인으로 알고 각 문파에 복귀해 혈정으로 변질된 내공을 무럭무럭 키웠다.

그 후로 40년이란 세월이 지났지만 악마 앙그라 마이뉴에게 영혼을 팔고 영생에 가까운 생을 얻은 그에게는 그리 긴 시간이 아니었다.

오히려 잘 익은 홍시를 얼려 빨아 먹는 기분으로 세월을 즐겼다.

그런데 원래 삼파의 장로와 당 문주 당사륵의 심장에 심어진 혈정을 흡수할 장진명이 요절을 했다.

장진명은 서문혜와의 사이에서 태어난 그의 자식이었지만

서문보군과 다를 바가 없는 도시락에 불과했다.

그 죽음의 원흉이 상욱이었다. 산통이 깨진 점쟁이 꼴이
되어 버렸다.

그나마 다행히 서문혜가 나섰다. 원한에 물든 그녀는 장진
명을 대신해서 삼파 세 장로의 심장에 심어 놓은 혈정을 흡
수했다.

하지만 문제가 붙었다.

이 미련한 것의 뒤처리가 화장실 갔다 밑을 안 닦고 나온
것처럼 구렸다.

아니, 아들 장진명의 원한에 눈이 멀어 버렸다. 삼파와 당
문을 이리곡지로 끌어들여 상잔을 마다 않았다.

서문혜가 죽음이야 삼복에 도축될 양≠만큼이나 여상스러
웠지만, 혈정을 먹은 서문혜의 죽음은 한철을 기다린 홍시가
꼭대기에서 떨어져 산산이 터져 버리는 격이었다.

허겁지겁 달려와 간신히 죽어 가는 서문혜를 애도하는 척
하며 혈정을 흡수할 수 있었다.

애초에 세웠던 원하는 목표는 채우지 못했지만 그래도 내
공이 곧 카르마인 종규는 바라 마지않던 건곤대나이신공을
마지막 단계인 7단계 초입까지 끌어올렸다.

그래서 오만한 표정으로 살기를 내비쳤다.

종규의 말에 당사륵은 의문을 물었다.

"은인, 서문혜가 저희에게 원한을 갖고 서혈회라는 조직

을 만들고 소림, 무당, 청성의 장로들을 살해했습니다. 알고
계십니까?"

"그런 것이 중요한가? 이 자리에는 은원만 있을 뿐이네."

"혹 서문혜에게 서문보군의 일을 말했습니까?"

"그렇다 해도 무슨 상관이 있는가? 서문보군의 원한을 갚
기 위하여 서문혜가 삼파의 장로를 죽였고, 그래서 그대들은
서문혜와 천산파 제자들을 참하지 않았는가. 나 역시 친인인
서문혜의 죽음에 대해 책임을 물을 것이네."

말을 마친 종규는 내공을 끌어올렸다.

"하하하, 그것 참 묘한 허점투성이 논리군."

상욱이 나섰다.

그가 참견한 시점이 묘했다. 천둔갑의 진력이 심어진 웃음
은 종규가 공격을 하기 위해 내공을 주천하는 시점을 파고들
어 종규의 내공을 잠시 흩어 놓았다.

따라서 종규는 상욱에게 말대꾸를 했다.

"감히 사람의 목숨 앞에서 논리를 따져?"

"감히란 말은 당신이 나보다 까마득하게 높은 위치에 있을
때 쓰는 말이고."

"하하하하!"

상욱의 말에 종규가 웃음을 터트렸는데 분노가 가득 찼다.
하늘을 우러러 미친 듯이 웃는다는 앙천광소, 이 말이 딱 맞
았다.

그리고 이리곡지를 흔드는 종규의 내공은 가히 놀라웠다. 절정 고수마저 양손으로 귀를 막고 고통을 겪어야 했다.

"으, 은인."

당사륵이 종규를 불렀다.

"그─만!"

소림의 능진도 삼파와 당문 사람들을 위해 사자후를 터트렸다.

종규의 웃음이 끝나고 능진과 눈싸움을 했다. 그 틈에 삼파와 당문의 수뇌부를 제외한 사람들은 주춤주춤 뒤로 물러났다.

소림과 화산의 세 노장로와 상욱만이 종규의 앞에 남았다. 그러자 상욱이 종규의 앞으로 나섰다.

상욱과 종규 사이에 기의 와류가 일어났다.

"별 시답잖은 짓거리를."

상욱이 비웃었다. 그리고 종규 뒤에 선 공명후를 지목했다.

"당신이 날 중국으로 초대한 이유를 모르겠지만 실수한 것이다."

"당신이라, 흥미롭군그래. 우리가 실수를 했다 이거지?"

종규를 대신해 공명후가 나섰다.

"당신들이 계획했던 것을 낱낱이 파헤쳤고, 지금도 그러고 있으니까."

"우리의 계획이라?"

"피에 굶주린, 아니 피의 정수라고 해야 하나? 모든 것이 여기에서부터 출발하지 않았나?"

상욱은 동굴에서 가지고 나온 카르마로 가득 찬 구슬을 내보였다.

"으—음."

신음과 함께 종규의 눈이 붉어졌다. 먹이를 눈앞에 둔 사냥개처럼 달려들 기세였다.

"그것이 무엇이기에?"

청암이 그도 모르게 중얼거렸다.

"워 워, 진정하라고."

상욱은 그런 청암을 아랑곳하지 않고 오른손 검지를 흔들며 한걸음 물러섰다. 그는 달려드는 애완견을 대하듯 종규를 조롱하며 계속 말했다.

"피에 굶주린 자들이 목숨처럼 여길 영단이오. 더불이 이것은 반드시 사기死氣를 가진 사람이 필요합니다."

상욱은 청중을 바꿔 그에게 말을 귀 기울이는 청암을 보며 말했다.

"사기라니?"

"업장을 짊어졌던 자들의 기운이죠. 당 문주같이 전장에서 수많은 죽음과 피를 봤던 사람들이 가지는 그것이 사기입니다."

"재미있군, 재밌어."

종규는 두 눈을 가늘게 떴다.

이 정도까지 상세하게 그에 대해서 알고 있다는 것이 신기하기도 했고 한 가지 의혹도 들었다.

그는 방금 전까지 카르마가 느껴지지 않는 상욱을 다시 관찰했다.

혹시나 하는 마음이었다.

카르마는 유혹이다. 그 힘을 갖고도 어린놈이 참는다는 것은 힘들어 보였다. 여전히 정종 내공의 깊은 기운만 느껴졌다.

그의 주인인 악신 앙그라 마이뉴는 카르마를 지닌 존재를 찾으라는 명령을 내렸다. 그래서 초청한 상욱인데 그 범위에서 멀어지는 분위기다.

그런 종규의 생각과 달리 상욱은 엄지와 검지로 백혈을 잡고 눈앞으로 가져왔다. 그리고 검지에 힘을 가했다.

퍽-.

백혈이 깨졌다.

종규는 눈앞에서 카르마의 정화가 사라지자 분노에 몸을 떨었다. 그런데 그게 끝이 아니었다.

상욱의 손에서 회갈색 안개가 뭉클뭉클 피어올랐다.

동남동녀 1천 명의 정혈을 뽑아낸 백혈은 카르마와 다르지 않았다.

두 개의
심장을
가진 자

"꿀꺽."

종규의 목젖이 크게 움직였다.

"부나방 같군."

상욱의 조롱에 종규의 얼굴이 검붉어지자 공명후가 종규의 팔을 잡았다.

공명후도 회갈색 연기로 변한 구슬의 가치를 알고 있었다.

마기의 정수.

하지만 그의 것이 아니었다. 지존공인 건곤대나이신공을 익힌 자만이 주인이 될 수 있다. 당연히 종규가 취해야 할 것이었다.

그래도 현교의 지존이 사료 앞에 개가 될 수는 없는 일이 아닌가?

종규가 희번덕이는 눈으로 그를 바라보자 고개를 미미하게 저었다.

그사이 회갈색 연기는 사라지고 없었다.

"아깝지."

상욱이 종규를 보며 놀렸다. 그리고 소림과 화산의 세 노장로들을 보며 말을 계속했다.

"제가 옛날이야기를 하나 할까 합니다."

상욱의 조용한 말소리가 기이하게도 이리곡지에 쩌렁쩌렁 울렸다.

"천리전음!"

"화경의 고수다!"

삼파의 몇 사람이 크게 외쳤다. 그리고 틀림없는 화경의 고수가 천지를 흔드는 기상이 담긴 목소리였다.

작은 분지에 평생 가야 한 번 볼까 말까 한 또 다른 고수의 등장에 군중들 사이에 소요가 일어났다.

이도 일순, 모두 숨을 죽였다.

"마기에 빠진 사악한 존재가 있어 수십 년 전 서장에 들어왔습니다. 이 존재는 욕망에 찬 여자를 꿰어내 인간의 피를 흡수해 내공을 키우는 마공을 주었습니다. 그 여자는 이것을 아버지에게 주었고, 그 아비는 전장을 돌며 흡혈을 했습니다. 그 사실을 중원에서 파견 나온 몇몇 젊은이가 알아냈고, 그들은 여자의 아버지와 싸웠으나 죽음 직전까지 내몰렸습니다. 그때 사악한 존재가 나타나 여자의 아버지를 죽였습니다."

웅성웅성.

이번에는 상욱의 말에 천산파 쪽에서 소요가 일어났다.

"제자들은 거짓말에 현혹되지 말라."

장정두가 나서서 상욱에게 삿대질을 하며 제자들을 다독였다.

"옛날이야기에 흥분하지 말고 끝까지 들어 보시오. 그 당시 살아남은 젊은이들은 사악한 존재를 은인으로 알았습니다. 실상 이 사악한 존재는 흡혈로 악기惡氣가 가득 채워진

두 개의
심장을
가진 자

여자의 아버지의 내공을 흡성하기 위해 죽였던 것인데 말입니다."

"그, 그 말이 사실이오?"

장정두가 종규를 향해 다가가며 따졌다.

"귀찮군."

종규는 벌레 쫓듯 오른손을 내저었다. 보이지 않는 기의 폭풍이 장정두를 잡아먹으려 달려들었다.

그 기세를 벗어나기 위해 장정두는 굉투철로72식을 빠르게 쳐 내며 물러났다.

펑-.

"크으으윽."

장정두가 신음을 토하며 주르르 물러났다. 크게 다치지는 않았지만 분노로 일그러진 얼굴에 참담함만 남았다.

"흥미롭군. 계속해 봐라."

종규는 얼굴에 표정 없이 말했다. 점점 끓어오르는 분노를 살기로 바꾸어 가는 중이었다.

"이 사악한 존재는 젊은이의 신체에 사기를 키울 피의 기운을 심어 놨습니다. 불행히도 네 젊은이들은 그것을 몰랐고, 40년이 흘러 여자는 네 젊은이 중 셋을 납치해 심장을 뽑고 피를 취해 괴물이 되었습니다."

"좋아, 좋군."

짝짝짝.

상욱의 말에 종규는 박수를 쳤지만 분노에 검붉게 올라온 얼굴까지 숨길 순 없었다.

"그 여자가 죽어 가자 이 사악한 존재는 급히 쫓아와 죽어 가는 여자에게서 피의 기운을 뽑아내기까지 했습니다. 그리고 포만감을 감추며 긴 트림까지 토해 내며 마치 슬픔을 감추지 못하는 연기를 해냈습니다. 참으로 가소로운 일이기도 했죠."

"어린놈이 말은 잘하는구나. 그걸 알고 있는 놈이 그냥 보고 있었더냐?"

종규는 지금까지 꾸며 왔던 모든 일의 전말이 낱낱이 파헤쳐지자 자존심이 구겨졌다. 살심이 치솟아 여기에 모든 생명체를 말살시킬 맘이라 상욱의 말에 순순히 인정까지 했다.

"꼴에 인두겁을 썼다고 수치심은 남아 있던 모양이군."

으드득.

종규가 이를 갈며 앞으로 나섰다.

그러자 상욱도 앞으로 나서며 송면을 향해 오른손을 뻗었다. 만상궤에서 은빛 만상도가 튀어나와 그의 오른손으로 날아들었다.

그와 50미터나 떨어진 거리였으니 가공할 허공섭물이었다.

그에 반해 종규는 앞선 오른발을 크게 들어 올려 앞으로 내디뎠다. 예고 없이 싸움이 시작됐다.

그런데 종규가 내디딘 한 발의 기세가 심상치 않았다.

"군림보?"

능진이 상욱을 덮쳐 가는 종규를 보며 깜짝 놀라 외쳤다.

전설에서나 나올 이 신법. 정확하게는 천마군림보天魔君臨步라는 명칭을 가진 운신법의 특징을 장로원에서 귀에 딱지가 앉도록 들었다.

한 걸음에 방향을, 두 걸음에 움직임을, 세 걸음에는 초식을 잡아내고 종국에는 적을 제압하는 기세이자 내력인 신법이었다.

당장 종규는 한 걸음에 상욱의 방향을 차단했다.

그에 따라 상욱의 오른손에 들린 만상도가 금계독립세에서 표두참의 식으로 내려치고 올려쳤다.

상욱 역시 전날 소림에서 화경에서 도추지경으로 넘어가는 과정에서 초식에 기세를 담았기에 그 기세는 천마군림보만큼이나 거칠고 웅대했다.

쾅!

상욱과 종규의 기세가 충돌하며 강기가 파편이 되어 사방으로 비산됐다.

"피해라."

삼파와 당문의 선두에 있던 소림의 능진, 능행과 청암 세 노장로가 앞쪽으로 강기 파편을 막았고, 남은 여력에 휩쓸리지 않게 삼파와 당문 수뇌부가 강기 무공을 펼쳐 방어했다.

하지만 천산파는 예외였다.

방금 전투에서 살아남은 삼백여 명은 이리곡지 안쪽에 넓게 퍼져 있었다. 그들의 수준이야 절정과는 거리가 먼 일, 이류에 불과했다.

절대 고수의 보호막이 없는 그들은 충돌의 여파를 고스란히 받았다.

"크아악!"

"으—악!"

천산파 제자들의 비명이 이리곡지를 흔들었지만 두 사람은 더욱 격렬한 전투를 벌였다.

종규는 거침이 없었다.

이리곡지에 오기 전에는 마교 교주 호법신공 건곤대나이 7단계 중 6단공에 불과했지만, 서문혜에게서 혈정을 흡수하며 그 단계를 뛰어 7단계에 들어섰다. 그만한 자부심이 있었다.

건곤대나이신공乾坤大那移神功.

이름처럼 신공이다. 그 경지는 일곱 단계가 있고 정파의 무공처럼 각 단계를 성취하는 데 걸리는 시간은 극악했다.

하지만 수영심水影心, 진공파眞空把 중태허重泰虛 도전역倒顚易 강변유强変柔와 같은 구결이 담은 괴이한 무리武理는 마공이라 칭해도 어색하지 않았다.

두 개의
심장을
가진 자

일례로 수영심水影心의 구결은 말 그대로 물에 비친 그림자를 마음에 담듯, 적이 사용한 무공을 그대로 재현할 수 있었다.

그럼에도 이 신공을 대성해 천하무적을 이룬 현교의 교주는 천마 이후로는 나오지 않았다.

7단계에 이르기까지 근 100년의 세월이 필요하고 기괴한 내공을 사용하는 만큼 신체의 변형을 피할 수 없었다. 즉 신공의 내공을 담을 그릇이 필요했다.

따라서 백두白頭의 나이에 금강불괴와 같은 신체는 꿈과 같은 일이라 건곤대나이신공은 천형과 같이 주화입마가 따라왔다.

그런데 종규는 주화입마의 벽을 단숨에 깨 버렸다.

악신 앙그라 마이뉴로부터 얻은 이혈흡기의 술법이 있어 가능했다.

탁하고 거칠지만 거대하기까지 한 서문혜의 내공은 잠력까지 격발한 터라 적지 않은 선천지기가 포함되었다. 그녀의 선천지기는 그로 하여금 육체의 그릇이랄 수 있는 정精을 단단하게 만들었다.

종규의 오른 발바닥에서 지면박력이 터졌다.

성취 과정이 타인의 내력을 기반으로 했던 만큼 세밀한 초식 운용과는 거리가 멀었지만, 군림보 일보겁세一步劫世에 담긴 강력한 기세에는 천군만마가 일시에 몰아치는 힘이 담겼다.

상욱은 종규의 실력만큼은 인정하지 않을 수 없었다. 그렇다 해도 1만큼도 물러서지 않았다.

오히려 오른손에 든 만상도를 왼 어깨에 축 걸치고 종규를 향해 일직선으로 뛰어들었다.

"핫–!"

상욱은 기합과 함께 천둔갑의 내공과 외공을 일치시켰다. 뛰어가는 동안 오른팔에 든 만상도는 오른쪽 허리춤으로 내려갔고, 왼손은 가슴 앞에서 칼등을 잡았다.

그리고 만상도를 창槍처럼 일점一點으로 앞을 찔렀다. 도보발跳步撥에 이은 흑호출동黑虎出洞은 송곳이 되었다.

사방을 굴복시킨 일보겹세가 만든 강기의 벽에 이 만상도에 실린 일점 강기가 부딪쳤다.

쩡–.

송곳이 얼음장에 구멍을 내며 균열을 냈다.

종규는 사라지는 강기를 보며 미간을 찡그렸지만 개의치 않고 크게 두 번째 발을 내디뎠다.

천마군림보 군마쟁천郡魔爭天.

종규의 발아래로 지면박력이 터지며 채인 돌이 강기를 품고 상욱에게 쏟아졌다. 그 뒤를 이어 지면을 타고 강기막이 허공으로 솟구쳤다.

만상도에 기세를 담은 상욱도 앞으로 나서며 예의 일점에 창처럼 상하와 좌우 여섯 방위를 점했다.

이 육점반六點盤의 강기는 채여 날아오는 돌을 터트렸다. 그러나 이것이 상욱의 시야를 막으며 강기의 막 안으로 밀어 넣었다.

상욱은 만상도를 잡아채 단전을 중심으로 8 자를 그리는 전봉삼자纏封三刺의 초식으로 강기막을 막았고, 왼쪽 방향으로 몸을 틀며 손목을 회전해 만든 측번주側飜走 초식은 강기막을 비껴 냈다.

하지만 그는 군마쟁천의 강기막을 완전히 벗어나지 못해 오른손에 쥔 만상도를 왼손으로 옮겨 일점의 강기를 창두槍頭로 찍듯 연속해 찔러 갔다.

일점의 강기가 겹쳐 가며 하나의 꽃처럼 봉오리가 맺혀 강기막을 걷어 냈다.

"으드득."

꽉 깨문 어금니가 있는 상욱의 하악골 근육이 세로로 잡혔다. 거인의 몽둥이에 맞서다 완력을 못 이기고 물러난 꼴이었다.

하지만 자존심보다 실리가 우선이었다.

종규가 세 번째 군림보를 내디뎠다. 가공할 위력만큼 큰 동작이라 초식의 연계가 완만했다.

상욱은 하체에 내공을 빼며 만상도를 쳐 내며 군마쟁천의 기세를 타고 급히 물러났다.

"쥐새끼 같은."

천마군림보의 마지막 초식 천마군림으로 기세를 담아 들었던 왼발에 내공을 빼며 종규는 욕설을 내뱉었다.

어린놈의 목을 비틀어 버릴 순간을 놓치자 짜증이 분노로 바뀌었다. 군림보의 내공을 신법 천마행으로 전환한 종규는 상욱을 쫓았다.

세 걸음을 딛기 전 어린놈의 정수리가 보였다.

반투명하게 변한 오른손이 건곤대나이신공의 경력經力마저 숨기고 상욱의 뒤통수를 움켜쥐었다.

퍽-.

찌이익.

종규의 유령마수幽靈魔手는 뒤도 돌아보지 않고 찌른 상욱의 만상도에 막히고 소매가 찢겼다.

종규는 급히 오른손을 뺐지만 만상도첨에 소지를 베였다.

의뭉스럽기만 한 상욱이었다.

방금 그가 허를 유도하자 종규는 암수를 썼고, 이에 채찍의 묘리인 충沖을 담아 유령마수를 막음과 동시에 손목을 찍었다.

보기 좋게 허를 찔러 종규가 움찔하는 사이 거리를 벌리며 입꼬리를 말아 올렸다.

다시 이어지는 명백한 비웃음.

그리고 천산의 먼 봉우리를 보며 날듯 뛰었다. 힘에서 밀리자 도망가는 모양세였다.

"완빠딴—!"

종규의 입에서 다시 욕이 튀어나왔다.

피륙의 상처는 아무것도 아니었다.

무너진 자존심에 약이 바짝 오른 그가 상욱을 쫓았지만 거리가 한참 벌어진 이후였다.

"검—!"

어풍비행御風飛行.

스스로 바람을 일으켜 하늘을 난다는 경지가 이만할까? 종규는 하늘로 솟구쳐 상욱을 쫓으며 공명후를 향해 외쳤다.

핑—.

공명후의 등에 메여 있던 현교의 보검인 현추玄錘가 검은 혜성이란 이름처럼 날아 종규의 손에 쥐어졌다.

그리고 바람처럼 둘은 군중의 눈에서 지워졌다.

상욱을 쫓아 종규가 사라지자 공명후는 서문혜의 시체를 장정두에게 던졌다.

"어—."

장정두는 서문혜의 시신이 짐짝 취급당하는 사태를 예견하지 못했다가 급히 서문혜를 받아 들었다.

공명후는 더러운 쓰레기라도 만진 양 옷을 털며 인상을 찌푸렸다.

"왜, 불만이냐?"

공명후가 분노에 가득 찬 장정두를 보며 비아냥거렸다.

"아닙니다."

장정두는 급히 머리를 돌렸다.

종규와 달리 공명후의 손은 매서웠다. 실제로 서혈회를 장악하고 있는 자가 공명후이기도 했다.

공명후는 몸을 돌려 화산의 노장로 청암을 봤다.

"예―에 청암, 늙었으면 그냥 찌그러져 있어야지, 뭐 처먹을 것이 있다고 칼질이야."

"나의 일이다. 네가 이래라 저래라 할 일이 아니다. 그리고 너도 종규와 같은 뜻이더냐?"

"못 들었나? 사형이 너희들을 어찌할 생각인지."

"언제고 그 오만불손한 네놈의 입을 손보려 했는데, 오늘이 그날이구나."

청암은 거뒀던 군자검을 뽑았다.

"가당키나 한 소리. 어차피 여기에 있는 인간들 다 죽은 목숨인데 네가 명부에 첫 이름을 올리겠구나."

공명후는 거만하게 턱을 들었다. 덤빌 테면 덤비라는 표정이었다.

현교에서 날고뛰는 그다. 화경과 같은 마마경魔魔境 끝자락에서 30년째 머물고 있지만 천마지경이 아른하게나마 보이는 요즘이다. 그러니 화산의 장로 따위는 눈 아래 있었다.

곧바로 검으로 공격할 기세였던 청암이 멈칫했다.

한국에서 넘어온 네 중년인들이 각자 무기를 뽑아 들고 그 옆에 섰다.

"좀 쉬면서 기력을 충전하시오."

이철로가 청암의 오른손을 잡고는 말렸다.

"이곳은 그대들의 전장이 아니네."

청암이 고개를 흔들었다.

"나서려면 내공이나 회복하고 나서든지. 요괴와 박 터지도록 싸우고 맥 빠진 몸으로 저놈이랑 어쩌자고."

덕치가 투덜댔다. 그의 시선은 이리곡지 너머로 상욱과 종규가 사라진 방향을 향했다.

청암의 얼굴이 붉어졌다.

여기에 상욱이 없었다면 종규와 대적할 자가 없었다. 그리고 공명후를 대적할 사람이 없기는 마찬가지였다.

덕치는 그런 청암을 안중에 두지 않고 소매에서 금강저를 뽑아 들었다.

"저 작자가 여기에 사람들을 다 죽인다던데, 그중에는 나도 포함되어 있소. 그러니 나와 동행들의 일이기도 하오. 참, 당문 아가씨와 천산파의 채 장로를 잘 부탁드리오."

덕치는 청암에게서 유현득에게로 눈길을 돌리며 말했다.

무당 장문인 유현득이 천산파와 관련된 사람의 구족을 죽인다고 한 말이 거슬렸던 그다.

"부탁한다는 말은 오히려 내가 해야 하게 생겼소."

청암이 덕치 일행에게 포권을 했다.

그와 능진, 능행은 서문혜와 전투로 내력을 심하게 소진했다. 그래서 삼파와 당문 수뇌부로 하여금 공명후를 제압하라고 하고 싶었지만 차마 입이 떨어지지 않았다.

절정에 올랐다지만 화경의 고수에게 칼을 들이대라는 것은 죽음으로 내모는 일이었다.

그나마 한국에서 온 쟁천의 사람들이 나서 준다니 사의謝意를 표했다.

"아따메, 짱꿰들 땜시 힘 좀 쓰것당께. 싸게싸게 나서잔께. 절믄 사숙이 저놈 간 좀 봐 놓으라 했잖여."

덕치가 한국말로 너스레를 떨며 긴장을 털어 냈다. 긴장감은 송면 형제도 마찬가지였다.

이철로만은 예외였다. 전날 인천 북항에서 상욱과 싸우며 화경의 경지를 잠시 엿봤던 그다. 그래서 상욱을 따라다니며 검을 날카롭게 벼르고 있었다.

그러니 새로운 화경 고수의 등장은 목마른 목에 갈증을 채워 줄 얼음물과 같았다.

이철로가 선두에 나섰다.

그동안 상욱과 비무를 하면 언제나 그가 첫 번째였고 덕치와 송면 형제 순이었다.

물론 상욱의 비무와는 비교할 수 없을 만큼 신중하게 검을

두 개의
심장을
가진 자

들었다.

"쩝, 별 이상한 자들까지 몰고 왔군."

공명후는 대수롭지 않게 이철로 등을 바라봤다. 예사롭지 않은 기세였지만 화경에 미치지는 못하는 자들이었다.

현교의 태현경은 손에 쥐지 못했지만 검마의 진전으로 화경에 오른 그였다. 그만큼 그의 마검13식은 대단했다.

태화경의 건곤대나이신공이 현교의 모든 무공과 상극이기에 종규를 넘지 못할 뿐이라는 자부심까지 가질 정도였다. 그는 이국에서 건너온 네 명의 합공 따위는 안중에도 두지 않았다.

화경 언저리에 걸쳐 있는 중과 검을 쓰는 자가 둘과 이상한 통을 들고 다니는 초절정 둘이었지만 화경이 아닌 바에야 의미가 없었다.

아니, 합격진合擊陣을 상대하기 전까지는 알지 못했다.

화경도 아닌 현경과 같은 도추지경에 이른 상욱과 비무를 하며 자연스럽게 합격진이 완성이 된 이철로 등이었다.

그들은 오늘 계 탄 듯 칼질에 주먹에 온갖 무기를 공명후에게 들이댔다.

한편 종규는 상욱의 뒤를 쫓으며 비릿한 웃음을 지었다. 감춰진 한 수를 펼치기 위해 전투하던 자리를 비껴 가겠다는 수작이 빤히 보였다.

방금 전투에선 제법이었지만 화경의 끝자락 이상은 아니었다. 쫓는 걸음이 빨라졌다.

이 느낌은 몇 분이 되지 않아 퇴색해졌다. 좀체 거리가 좁혀지지 않았다.

그에 반해 상욱은 여유가 있었다.

큰 봉우리를 세 개를 넘어 협곡이 나오자 멈춰서 자리를 잡았다. 그라면 이런 기습할 기회를 놓치지 않을 것이다.

아니나 다를까, 종규는 달려오는 그대로 손에 든 보검 현추를 찔러 왔다.

검 끝에 맺힌 핏빛 강기가 되어 무지막지하게 산란했다. 현경에 기반을 닦았지만, 건곤대나이신공의 완성도가 떨어지는 종규는 카르마로 공극을 채웠다.

상욱도 보란 듯 도를 맞받아쳤다. 그는 도추지경에 접어들어 확장된 공간지각으로 종규의 강기막의 범위를 정확히 인지했다.

한 칼이었다. 부메랑 모양의 강기가 빛으로 분한 종규의 강기를 일도양단했다.

정확도가 속도와 힘을 지배했다.

커튼처럼 잘려 나간 강기의 틈을 파고들며 만상도가 주작비격세를 그렸다.

허공을 박차며 일점으로 찌른 도에서 1미터 크기의 강기가 튀어나왔다.

두 개의
심장을
가진 자

핑─.

강기는 효시嚆矢처럼 소리를 내며 종규를 향해 찔러 가더니 크기가 구슬만 하게 변하며 소리조차 사라져 버렸다. 탄강彈剛이었다.

종규는 반투명한 탄강에 깜짝 놀랐다. 그만큼 상욱의 반격은 의외였다.

현교 태현경상의 천마삼검은 무림에서 최상위를 차지했다.

그 첫 번째 초식인 천마현현이 펼쳐지기도 전에 이리 허무하게 뚫릴 줄은 몰랐다. 게다가 마신체에 가까운 그의 피륙으로도 감당치 못할 정도로 어린놈의 탄강은 빠르고 흉험하기까지 했다.

그는 군림보의 구명절초인 만마재존萬魔在存을 밟았다.

인간이 움직일 범위를 벗어난 사각을 이동했다. 직선으로 쏘아진 상욱의 탄강을 피하자 뒤쪽 산 정상이 굉음과 함께 무너져 내렸다.

종규는 그것을 확인할 틈도 없이 천마삼검의 둘째 초식 천마강림을 펼쳐야 했다.

상욱이 종규가 신법으로 피하는 사이, 도를 왼쪽 어깨 위 눈높이와 수평으로 메쳐 천둔갑의 내공을 쓸어 담아, 아래로 내려치는 은망세 초식을 빌려 만상도로 다시 탄강을 쏘아 냈던 것이다.

그 탄강이 지척이라 어금니를 깨문 종규가 검 현추를 양손으로 잡고 어깨를 틀며 좌우로 헤쳐 나갔다.

현추에서 방사된 강기가 부풀어 올라 마신의 형태로 모습을 드러내며 탄강을 튕겨 내고 상욱을 짓눌렀다.

천년 시공을 거슬러 천마3세 이후로 처음 펼쳐지는 완벽한 천마강림이었다.

본래 천마삼검은 의형의수意形意隨의 진수였다.

그 유래가 특이하기는 했기 때문이다.

현교가 마교라는 오명을 가졌지만 종교로써의 특성은 무시할 수 없었다.

제천 행사에서 교주가 신도들에게 보여 주기 위한 이적이 필요했고, 그 결과가 강력한 내공을 바탕으로 한 마신의 강림의 구현이었다.

그렇게 만들어진 천마삼검의 첫 초식 천마현현天魔顯顯은 마신의 얼굴 형태로, 천마강림天魔降臨은 마신의 상반신의 형상으로, 마지막 천마앙복天魔仰伏은 천마의 모습을 원하는 곳에 강기로 공간을 점령하는, 즉 뜻이 있는 곳에 천마가 존재하는 무공이었다.

이 천마삼검이 현교가 종교 색채를 마교란 오명을 쓰게 된 가장 주된 원인이기도 했다.

어찌 됐든 의형의수의 천마삼검 중 천마강림은 탄강을 걷어 내고 상욱을 뭉개 버리려 강기를 발산했다.

두개의
심장을
가진자

상욱도 당하고만 있지 않았다. 덮쳐 오는 마신의 상반신을 향해 만상도를 찌르고 베며 때려 탄강을 줄줄이 뽑아냈다.

만상6절의 정수가 담긴 여섯 종류의 탄강은 도검절부터 암절에 이르기까지 베고 때리며 찌르고 쏘아지는 각각의 특징이 확연했다.

이 탄강은 종규를 당혹하게 만들었다.

마신에 비해 난장이에 불과한 상욱이 쏘아 낸 여섯 개의 탄강은 마신의 상체를 점점 잠식해 천마삼검의 천마강림을 무너트려 갔던 것이다.

기실 상욱은 서장에 오기 전에 만상6절에 큰 성취가 있었다.

요새 그가 동전을 손에 쥐고 놀았던 것은 그 성취에 맞춰 어검을 부리는 연습이었다.

그래서 종규가 이리곡지에서 군림보란 패를 꺼냈을 때 상욱은 오히려 힘을 빼고 상대했던 면이 있었다. 주변에 피해도 피해거니와 이리곡지에서 종규를 방심하게 만든 것이 주효했다.

종규는 힘을 쓰지 못하고 밀렸다.

여섯 개의 탄강 중 암절의 성질을 담은 것은 은밀하게 등 뒤를 노렸고 채찍의 특징을 갖진 타절은 종규의 검을 타고 넘어 공격을 했다.

이런 각각의 특징은 종규의 손을 바쁘게 만들었다.

그럼에도 결정타를 넣지 못하고 있었다. 오히려 초식이 쌓여 갈수록 상욱의 탄강에 현추가 적응해 갔다.

종규는 상욱에게 처음 공격부터 밀리고 방어를 하면서도 여유가 있었다. 오히려 시간이 지날수록 그는 상욱의 공격이 너무나 기꺼웠다.

7단계로 올라선 건곤대나이신공의 묘용에 미진한 면이 남아 있었고, 그 간극을 실전을 통해서 메워 가고 있었다.

종규는 20분이 넘는 상욱의 공격을 방어하며 신공의 완성도가 높아지자 검에 카르마를 바짝 밀었다.

일단 천마삼검 천마현현의 검초로 탄강을 막았다.

하지만 똑같은 초식이었지만 결과가 달랐다. 마신의 얼굴이 강기로 구현되며 여섯 개의 탄강을 잡았다 튕겼다.

도전역倒顚易 진공파眞空把.

건곤대나이신공의 내공 묘리에 심어진 천마삼검은 대단했다. 탄강의 힘의 방향을 직각으로 튕기는 도전역과 나중에는 탄강을 상욱에게 반사하는 진공파의 묘리까지 천마현현 검식에 더해지며 상욱의 의지가 심어진 탄강을 끊어 버렸다.

그리고 곧장 이어지는 천마삼검 둘째 천마강림 초식은 마신의 상반신을 강기로 구현해 상욱을 찍어 버렸다.

상욱은 갑작스러운 반격에 양팔을 머리 위로 올리고 어깨를 움츠려 등을 세웠다.

쿠-왕.

두 개의
심장을
가진 자

꽝음이 터지며 먼지가 비산했다.

종규의 눈에 희열이 감돌았다. 어린놈의 목을 잘라 이혈흡성을 할 마음에 검을 거두려다 흠칫했다.

먼지로 가려진 곳에서 힘의 역장이 생기며 파란빛의 광란이 일어나고 있었다.

그는 눈에 힘을 줘 그곳을 집중했다.

거북의 등과 같은 반구체의 강기가 반경 3미터 크기로 자리하고 있었다. 그 강기가 점점 줄어들더니 사람의 형태를 갖추었다.

어린놈이었다. 게다가 멀쩡히 서 있기까지 했다.

"으드득."

종규는 일어나는 짜증에 어금니를 깨물었다. 싸움은 이제 포식이 아닌 생사의 쟁투로 바뀌었다.

상욱에게는 감춰진 패가 두 개가 있었다. 그 패 중 하나를 꺼내 들었다. 애초에 중국에 올 당시만 해도 지금 꺼내 든 천둔갑의 진의는 여물지 않았었다.

그러다 소림사에서 도추지경에 입문하자 그 근본이 되는 도道는 깊이로는 무저갱이고, 높이로는 인간이 두 발로 딛지 못할 곳에 섰다.

자연 천둔갑의 이치를 되뇌고 씹으니 풀리고 풀렸다.

그 결과가 지금의 오롯한 천둔갑, 하늘의 방패로 만든 갑옷이었다. 그 경지를 현재 상욱의 상태로 보여 줬다.

내공의 주천을 더해 갈수록 푸른빛의 반구형 강기가 점점 축소하더니 검푸른 강기막에 흐릿해졌다.

게다가 한 자가량을 허공에 떠 있어 유령의 모습이다.

이는 오롯한 천둔갑의 최상위 경지인 태허멸도지경太虛滅度之境으로, 불가의 금강불괴와 비견되면서도 상반된 능력을 가졌다.

3미터나 되는 반원구의 강기막이 압축된 밀도를 가진 이 천둔갑은 단단해 보여도 허허롭기 그지없었다. 지금 상욱은 호신강기를 넘어서 불멸의 육체에 가까워졌다.

"재미있지?"

상욱이 천천히 상승하며 웃었다. 부공허도浮空虛導는 부록이었다.

종규는 상욱의 도발에 피식 웃었다. 그러며 왼손에 쥔 현교의 보검 현추의 검집을 내던져 버렸다. 상욱을 필멸하겠다는 각오였다.

그리고 조롱 따위에 욱할 나이는 어린놈이 태어나기 전에 화장실 변기에 넣고 내린 지 오래였다.

"어린 놈…… 돼지 주둥이처럼 지저분하구나."

"진짜 지저분한 것 못 봤지?"

도발하는 상욱을 죽일 듯 노려보던 종규는 오른손에 든 현추를 단전에 두었다.

"쳇."

그 모습에 상욱이 잇소리를 냈다.

종규가 공간을 장악할 검과 신공 그리고 신법을 가졌음에도 지금까지 그에게 당했던 것은 방심하고 있었기 때문이다. 저리 굳건히 자세를 잡았으니 그를 적수로 인정한 셈이었다.

더구나 숨겨진 패를 꺼낸 마당이라 만만치 않은 싸움이 예상되어 피를 볼 각오로 임해야 했다.

그러자 두 사람의 기세가 사뭇 달라졌다.

이번에도 종규가 군림보를 밟으며 상욱에게 큰 걸음으로 다가갔다. 기세에 이어 천마삼검의 천마현현이 건곤대나이 신공의 묘리를 포함해 쭉 찔러 왔다.

전설의 무공 세 개가 합해져 상욱을 옭아맸다.

천둔갑을 믿고 난타당하기에는 어느 것 하나 만만치 않은 위력이었다. 상욱도 종규가 군림보를 밟을 때부터 만상도에 기세를 담았다.

표두참에서 주작비격세로 이어지는 서른여섯 개의 도격이 이어질 때마다 만상6절의 묘리가 담긴 탄강이 줄줄이 뽑아져 나왔다.

서른여섯 개의 탄강이 천마현현을 때렸다.

같은 강기라도 압축된 탄강에 어검의 묘리가 담겨 종규의 초식이 소멸되었다.

종규는 상욱이 만든 여섯 개의 탄강에도 눌렸는데 서른여섯 개나 되는 탄강이 쏟아지자 바로 마지막 초식 천마앙복으로 전환했다.

그의 검은 도화지에 난을 치는 한 획과 같았다. 시작은 부드러우면서도 호쾌하며 끝에 가서는 잔떨림이 일어났다. 그 검 끝에서 빛이 터졌다.

10미터 앞에 강기로 태어난 천마가 상욱을 짓눌렀다.

콰―쾅.

서른여섯 개의 탄강을 끌어온 상욱은 천마앙복을 막았다. 거친 충돌 음이 일어났다.

하지만 서른여섯 개의 탄강만으로는 천마앙복의 두터운 강기막을 막을 수 없었다.

상욱은 천둔갑으로 끝없이 쏟아지는 강기를 뚫고 종규에게 다가갔다. 그리고 천둔갑의 내공을 카르마로 역전했다.

숨겨진 두 번째 패가 까졌다.

천둔갑의 내공은 역즉성단의 역전에 의해 카르마로 바뀌었다.

으드득.

천둔갑이 천천히 엷어지더니 피부는 청동빛으로 변해 금강석처럼 단단해지고 근육은 조밀해져 1인치당 100킬로그램의 견인력을 가졌다. 여기에 골격은 쑥쑥 커지더니 3미터에 이르렀다.

마왕 에블리스의 첫 번째 권능 피의 전율이 마계도, 이계고란도 아닌 지구에서 발현됐다. 그의 무기 만상도 역시 두

배로 커지며 마왕 에블리스의 전용 무기인 소드 브레이커 재앙의 형태로 변했다.

피의 전율은 살육의 기술이자 에블리스의 권능이다.

깨달음이 필요 없는, 오직 어떻게 하면 적을 잘 죽일 수 있는가에서 출발했다. 이 기술이 정점에 서기까지 마왕 에블리스는 마계에서 그의 머리숱만큼이나 전투를 했다. 그런 이유로 전마왕戰魔王이라는 다른 별명이 있을 정도였다.

그 정화가 피의 전율이다.

상욱은 카르마로 각성한 육체와 권능에 따라 음차원의 마나 카르를 최대한 끌어올렸다.

검은 마기가 상체를 타고 넘실거리며 수증기처럼 기화했다. 찢어진 옷은 걸레가 되고 원초적 나신에 흉측한 물건마저 내놓은 그는 세상에 없는 괴물이었다.

"커어흐흐흥!"

배가 울림통이 되어 울부짖었다. 그리고 권능인 피의 전율에 따라 소드 브레이커가 칠흑의 마기를 분비했다.

그 와중에도 상욱의 공격은 계속되고 있었다.

종규는 변해 가는 상욱을 보며 가슴이 철렁 내려앉았다.

어린놈을 처음 봤을 때 스쳐 지나간 무저갱 앞에 선 아득함의 원인을 찾았다. 그의 일생 중 가장 완벽한 의형의수의 천마삼검의 정수인 천마앙복을 펼치고도 불안했다.

그리고 기어코 느낌은 적중했다.

끼이이익.

건곤대나이신공이 마교의 무공과 극성이듯 유형화된 카르는 의형의수로 이룬 천마앙복의 강기를 녹이며 파괴했다.

찻–.

종규는 급히 군림보의 구명절초 만마재존으로 소드 브레이커의 범위에서 멀어졌다.

상욱은 물러나는 종규를 내버려 뒀다.

들끓어 오르는 카르마가 세상을 괴이하게 만들었다. 바라보는 시각이 3차원이 아닌 4차원으로 다각화되어 일정 공간의 정보가 분별됐다. 목표인 종규는 육체가 적나라하게 드러나 심장에 자리한 카르마 근원이 보였다.

더불어 종규의 육체에 움직임을 넘어 다음 동작을 예측할 수 있었다.

종규와 수차례 싸움을 했던 기시감既視感이 정확한 표현이랄까?

아니 화선지 위에서 신선이 그림을 그려 세상을 제어하는 느낌이 이럴까?

이런 카르마의 각성이 완전히 끝나자 상욱에게 우월적 자존감이 고양되며 하늘과 땅이 작아졌다.

상욱은 오른손에 든 소드 브레이커를 세웠다.

우–웅.

검 끝이 진동하며 응축된 마기가 종규의 움직일 방향을 예측해 빛이 되었다.

종규는 뒷골이 서 천마행으로 혼신의 힘을 다해 뛰었다.

퍽-.

응축된 마기가 지나간 자리는 소음이 살짝 일어났지만 위력만큼은 상상 이상이었다. 팔뚝 굵기의 하수구 배관 같은 구멍이 끝도 보이지 않게 뚫렸다.

상욱은 만족스러운 표정을 지었다.

피의 전율의 완성도가 최고조는 아니었지만 처음 펼쳐 보는 것치고 그 결과만큼은 흡족했다.

종규의 얼굴은 붉으락푸르락해졌다. 어린놈의 하는 양이 그를 상대로 무위를 점검하는 모양새였다.

그렇다고 왈칵 달려들기에는 섬뜩함이 가시질 않았다. 현추를 들어 올리며 검날을 봤다.

천년 시공 동안 녹 하나 없던 검날에 이가 나갔다. 깨진 날붙이가 자존심 같아 불같이 분노했다.

분노의 힘은 종규의 심장이 터지도록 카르마를 짜냈다.

천마삼검 천마현현에서 천마앙복까지 한 초식으로 펼쳐졌다. 그 모습이 악마가 세상을 찢고 얼굴을 드러내고 현교의 악신 앙그라 마이뉴로 성장해 상욱을 박살 내는 형국이다.

천마삼검은 그 스스로도 대견할 정도로 강력한 공격력을 보였다. 검초가 중첩되어 강기가 묵빛으로 팽창했다.

앙그라 마이뉴가 재림해도 이 정도일까 싶었다.

이에 비해 상욱의 대처는 일견 느슨해 보였다. 담담하게 종규의 강기를 보다가 오른발을 박찼다.

쾅─.

솟구친 거력이 30미터가 넘는 천마의 강기를 뛰어넘었다.

종규가 그럴 줄 알았다는 듯 강기로 된 천마를 끌어당겼다. 강기의 막을 넘은 어린놈이 그와 직접 손을 섞으려는 의도를 엿봤다. 현추를 따라 천마가 주먹을 내질렀다.

종규의 예상과 달리 상욱은 허공에서 우뚝 섰다.

그리고 그 자세에서 상욱은 역전해 머리를 땅에 두고 소드 브레이커를 종규를 향해 뻗었다.

그 끝에는 카르의 정수인 카르마가 회갈색으로 빛났다.

쫘─악.

상욱의 카르마가 종규의 강기를 갈랐다. 가위질에 양단된 비단과 다르지 않았다.

"헉─."

종규는 경악성을 토해 냈다.

심장이 찢기도록 천마의 강기로 저항했지만 스푼에 꽂히는 푸딩만도 못했다.

뇌려타곤.

늙은 노새가 땅을 구른다는 초식. 말 그대로 종규는 몸을 날려 땅바닥을 어깨와 배로 뒹굴었다.

그러다 그는 빠르게 일어났다.

일설에 무림에서 뇌려타곤의 수법이 수치스럽다고 하는데 웃기는 말이다. 목숨 앞에 수치심이 있을 수 없다. 그리고 이어타정鯉魚打挺이란 유명한 운신법은 등을 땅에 대고 허공을 박차는 회피동작으로 뇌려타곤 이후에나 쓸 초식이었다.

어쨌든 당당함과는 거리가 먼 동작인 만큼 초조함도 섞였다. 어린놈이 그의 시야에서 사라졌던 것이다.

퍽-.

아나나 다를까, 그의 가슴에 발이 날아와 꽂혔다.

"커-흐윽."

쓰레기통을 향해 날아가는 휴지처럼 접혀진 그는 10여 미터나 튕겨 바닥을 뒹굴었다.

종규는 급한 마음에 현추를 찾았지만 땅바닥을 뒹굴며 놓친 검이 곁에 있을 리 없었다.

앙그라 마이뉴에게 무릎을 꿇을 때도 없던 공포가 찾아왔다.

사시나무처럼 몸이 떨렸다.

그래서 무릎을 피며 양팔로 땅을 긁으며 도주를 택했다.

"쥐새끼가 갈 곳은 쥐구멍이지."

상욱이 빈정거리며 종규의 뒤를 쫓아가 주먹을 내질렀다.

퍽.

종규 등에 꽂힌 상욱의 주먹은 종규의 척추뼈를 박살 냈다.

"어으으으."

땅이 꺼지는 고통에 비명조차 지르지 못하는 종규는 벌레처럼 땅을 기었다.

상욱은 양손으로 축 늘어진 종규의 머리 관자놀이 부분을 잡고 일으켜 세웠다.

종규는 의지와 상관없이 무기력하게 딸려 올라왔다. 그의 눈은 흔들리고 온몸은 바람에 떠는 갈대와 같았다.

"제, 제발."

아이의 칭얼거림이 이럴까? 종규의 애원이 그랬다.

하지만 상욱은 가차 없었다. 카르마의 원천 단전에서 카르를 뽑아내 종규의 뇌지주막하를 통해 심장을 거쳐 단전에 꽂았다.

상욱은 마왕의 두 번째 권능인 극자흡성의 원리에 따라 종규의 단단한 카르마를 빨대를 꽂은 음료수처럼 빨아들였다.

"크르르르."

상욱은 만찬을 즐기는 육식동물의 포만감 어린 소리를 토해 냈다.

그 와중에도 종규의 육체에서는 카르마가 검은 기운으로 뿜어져 나와 상욱의 몸으로 흡수됐다.

종규의 육체는 미라처럼 수분이 빠져나갔다.

종래에는 그의 전두엽과 뇌내피질에 새겨진 종규의 기억마저 상욱의 뇌에 각인됐다.

"크으으윽."

포만감이 고통으로 변한 것은 순식간이었다.

종규의 수많은 기억이 상욱의 머릿속을 질주했다. 종규 일생의 특별한 기억이 파고들었다.

그의 인생은 방대했다.

현교 내에서 차별과 종교 순례, 페레세 성전에서 앙그라 마이뉴와 만남 그리고 천마3세 가란다의 내단과 함께 얻은 태현경과 그 깨달음을 얻기 위한 지난한 나날, 그리고 앙그라 마이뉴의 전신인 악신 레포칼레의 종이 되어 미혹을 떨치고 존재감을 풍미하던 순간이 각인되었다.

극자흡성의 시간이 지날수록 상욱은 세상을 보는 눈이 달라졌다.

그래서 종교의 기억을 더듬어 마교라 불린 현교의 영광을 찾기 위해 종규의 기억에 발걸음을 내디뎠다.

그 첫걸음은 천산파의 서문보군을 만나 혈정(카르마)을 심고 나중에 혈정을 흡수하는 기억이었다.

마왕들의 권능인 극자흡성의 원리가 어디로 가지 않았다.

상욱은 종규의 경험과 서문보군과 서문혜의 피를 흡혈하며 얻은 천산신공마저 빨아들였다.

기억은 이어졌다. 극자흡성의 핵심 원리인 이혈흡기는 종규를 매료시켰다.

서문보군이 전장에서 쌓은 음의 마나를 그가 극자흡성의

원리로 빨아들이고, 구파와 오대 세가의 후예들에게 혈정을 심고 40년을 기다렸다.

그리고 그 기다림의 일상은 풍요롭기만 했다.

그들의 운기조식으로 모은 강력한 내공과 결합된 카르마를 흡수할 생각을 하니 살이 떨렸다.

다른 것은 보이지 않았다. 그래서 레포칼레가 명령을 수행할 때 외에는 오직 태현경의 천마신공 수련과 깨달음을 위해 인생을 퍼부었다.

상욱의 기억에 특이한 것이 걸렸는데, 종규와 마계의 군주인 레포칼레 간의 거래와 기억이었다.

입꼬리가 올라갔다.

정보가 곧 전력이다. 레포칼레는 아직 그의 존재를 찾고 있고 그는 레포칼레를 알아 갔다.

무엇보다 우선해 종규의 기억을 통해 레포칼레의 종들과 주변을 파악할 수 있게 됐다.

어쨌든 종규의 백몇십 년 세월이 무겁지만 가랑잎이 떨어지는 순간만큼 빠르게 흘렀다.

상욱이 마왕 에블리스의 권능을 흡수하지 않았으면 버거웠을 기운과 기억이었다.

이 모두가 상욱의 것이 되었다.

퍽-.

그리고 종규는 분말로 변해 천산의 바람에 흩어져 버렸다.

"후—우."

긴 한숨을 내쉰 상욱이다.

두 번 다시 겪고 싶지 않은 불쾌감이 자리했다. 타인의 기억이 그의 것이 되는 순간 영혼의 괴리감이 자리했고, 이질감은 목까지 넘어오는 토악질로 이어졌다.

간신히 넘어오는 이물감을 참으며 숨을 들이마셨다.

종규의 기억과 벌거벗겨진 몸 그리고 천산이 아니었으면 꿈이라 해도 믿길 일이었다.

그는 넝마로 변한 옷으로 치부만 감추고 몸을 날렸다.

상욱이 이리곡지로 돌아왔다. 떠날 때와 달리 산채는 황폐하게 변해 있었다.

여전히 삼파와 당문은 천산파와 거리를 두었지만 적대적 분위기는 많이 누그러진 상태였다.

다만 이철로를 비롯한 덕치와 송면 형제 네 명이 소림의 보호를 받으며 조식 중이었다.

그의 눈이 스산해졌다.

넝마로 하체만 겨우 가린 상욱이 나타나자 당당이 제일 먼저 뛰어와 그를 맞았다.

"괜찮아요?"

그녀는 상욱의 위아래를 살피며 물었다.

상욱은 고개를 끄덕였다.

"허허허, 죽은 서방을 맞이하듯 하네그려."

화산의 청암이 헛웃음을 지으며 다가왔고, 소림의 노장로 능진과 능행 그리고 삼파와 당문 수뇌부가 그 뒤에 있었다.

"종규는 어찌 되었는가?"

청암이 상욱에게 물었다.

"노도장이 저 건너로 가시면 볼 수 있을 겁니다."

상욱이 답했다. 하지만 전과 달리 냉담했다.

청암은 쓴 표정을 지었다. 적과 내통까지는 아니어도 회합이 있었다는 사실은 어김없었기 때문이다.

"크흠, 고맙네. 그대로 인해 삼파와 당문은, 아니 무림은 엄청난 위험에서 빠져나왔네. 게다가 그대가 없는 동안 그대의 일행이 공명후를 물리쳤네."

청암이 멋쩍어 기침을 토했지만 사의를 잊지 않았다.

"제 일행분들은 괜찮은 겁니까?"

"방금 전까지만 해도 치열한 사투가 있었네. 그러나 크게 다치지는 않았네."

상욱의 말에 청암이 답했다. 그러자 무당의 장문인 유현득이 끼어들었다.

"정말, 정말이지 놀라웠을 따름이네. 화경에 이른 자를 최절정 고수 넷이 감당할 수 있다는 사실도 오늘에서야 알았고. 어쨌든 저분들은 정말 강하더군."

무당에 올랐을 땐 냉대를 하더니 사투를 보고 그는 흥분이

가시지 않아 칭찬을 입에 달았다.

"그뿐이 아닐세. 이철로 시주와 덕치 스님은 공명후와의 싸움 막판에 초반에는 볼 수 없던 강력한 무력을 보였네."

각화마저 나서서 칭찬 대열에 합류했다.

"쯧쯧쯧."

능진이 혀를 찼다.

"하늘만큼이나 위의 경지에 있는 사람에게 땅의 일이 대수라고."

그는 상욱에게 정말 감복한 면이 있었다.

불가사의한 일이지만 이국의 젊은이는 확실히 현경에 들어섰다. 그의 사숙 원화가 인정한 사람이라지만 종규와 생사투는 가늠하지 못했다. 12성 군림보만으로도 현경에 이른 종규를 넘어섰으니 경이로운 일이 아닐 수 없었다.

더구나 어디 한군데 다친 데 없이 귀환이라니, 그의 사숙 원화도 불가능한 일을 상욱이 해냈다.

"일단 옷부터 갈아입으세요."

당당이 당문 가솔 중 덩치가 큰 사람의 옷을 챙겨 가지고 왔다. 그녀로 인해 주위가 환기됐다.

상욱은 산채에 들어가 옷을 갈아입고 나왔다.

그사이 각화를 비롯한 삼파의 수뇌부와 당 문주 당사륵이 천산파의 채창영을 불러 대화 중이었다.

그들이 사후 처리에 들어가자 상욱은 낄 자리가 아니라 생각해 조식 중인 이철로 등에게 다가갔다.

무당의 장로 강인준이 상욱에게 고개를 살짝 숙이고 자리를 비켜 섰다.

잠시 후.

송면 형제가 먼저 조식을 마치고 덕치와 이철로가 차례로 자리를 털고 일어났다. 그들은 온전한 상태가 아니었다.

공명후와 사투를 벌이며 여기저기 생채기가 나고 심한 곳은 찢어져 꿰매야 할 상처들이 많았다.

"고생하셨습니다."

상욱은 허리를 숙여 네 사람에게 예를 건넸다.

"아따메, 나가 죽는 줄 알았당께."

덕치가 엄살을 폈다.

"객쩍은 소리. 너나 나나 잠시나마 벽을 넘었으니 큰 이득이 있는 싸움이었다. 중국에 와 소중한 경험을 한 셈이지. 더구나……."

이철로가 무표정으로 말을 아껴 끊었지만 두 눈에는 열정이 가득 차 있었다.

"일단 몸을 추스르죠. 여기서 하루는 더 있어야 할 것 같습니다."

"삼파의 천산파에 대한 처리가 늦어질 모양이구나."

"그보다 너는 괜찮은 것이냐?"

한 켠에서 조용히 상욱을 살피던 송만이 상욱에게 물었다.

"좀 피곤할 따름입니다. 피륙의 상처도 없고요."

"그럼 됐다. 들어가서 중국 일정을 마무리 짓는 이야기를 나눠야겠다."

"네."

상욱이 대답하자 송만이 무당파의 강인준에게 양해를 구해 산채 하나를 얻었다.

다음 날 아침.

상욱 일행은 아침이 되도록 조식과 명상에 빠져 있었다.

전날 생사투를 치르며 얻은 전투 경험을 되짚거나 깨달음을 체화했다. 또한 운기조식을 통해 단전을 채웠다.

상욱은 어느 때보다 흡족했다.

도추지경을 넘어 황허지경荒虛之境이 목전이었다. 이 경지는 무림의 자연경과 같은 경지로 심검의 끝과 같았다. 천둔갑의 내공에 폭발적인 성장이 있었기에 가능했다.

또한 마왕 에블리스의 피의 전율을 통해 마왕의 권능을 마음껏 펼친 것이 무공의 진화로 이어졌다.

앞으로 몇 차례 더 이질적 존재를 잡아 극자흡성의 권능으로 카르마를 흡수하면 마계로 넘어갈 마법진을 운용할 기초가 잡힐 일이었다.

상욱에게 여전히 먼 갈 길이지만 그 길을 찾았다는 데 이번 중국행의 의미를 두었다.

"후─우."

긴 숨과 함께 호흡을 갈무리했다.

"아침 먹어야죠."

그가 눈을 뜨자 당당이 그 앞에서 미소를 지으며 서 있었다.

"왔어?"

"좀 전에요."

"당문은 언제 출발한대?"

"천산파 일이 궁금해서 그렇죠?"

"응."

상욱이 고개를 끄덕였다. 눈치가 빠른 여자다.

"삼파분들이 아버지에게 이번 일의 양보를 부탁했어요. 천산파 전체가 아닌, 서혈회를 책임졌던 자들만 처벌하기로 했는데, 무림의 법도가 아닌 법에 따르기로 했어요. 물론 단전을 파괴하는 처결은 당연한 수순이고요."

"오히려 더 가혹하군."

"어쩌면요. 지금은 결정대로 진행하고 있고요."

"채창영은 어찌 되었는가?"

조식에서 언제 깨었는지 덕치가 눈을 부릅뜨고 광동어로 또박또박 물었다.

"그분은 처음부터 협조했고, 천산파의 정기를 위해서라도 벌하지 않는다고 결정했어요."

두개의
심장을
가진자

"크흠, 잘됐군."

덕치가 당당의 말에 만족스러운 표정이 됐다.

"그러면 등청량만 좋아지겠군."

"네. 베이징 공안부 등 경독이 저희 일에 큰 도움을 줬으니까요."

"들을 만한 이야기는 다 들었군. 이제 우리 일정을 조율하고 아침 먹으러 가자고."

이철로는 송면 형제와 조식을 마치고 상욱과 당당의 대화를 듣고 있다가 말을 끊었다.

"일정이라? 따로 하실 일이 있습니까?"

상욱이 이철로를 봤다.

"남은 닷새 동안 별일 없으면 나는 여기 천산에서 머물고 싶어."

"나두."

이철로의 말에 모처럼 덕치가 동조했다.

상욱은 송면 형제를 봤다.

두 사숙도 고개를 끄덕였다.

"화경의 끝에 이르렀던 공명후와 혈투를 벌이며 다들 얻은 바가 적지 않네. 이철로와 덕치 도우 두 사람은 벽을 넘은 듯하고 우리 형제도 정리할 것이 있네."

"어머, 축하드려요."

당당이 제 일처럼 손뼉을 치며 좋아했다.

"요 며칠이 중요합니다. 그랬으면 했는데 잘됐습니다."

"화경이라…… 아직도 갈 길이 머네."

"그럼 저는 먼저 베이징에 가 있겠습니다. 경찰청 직원들과 베이징 공안청에서 일정을 마무리 짓고 있을 테니 공항에서 뵈어야겠습니다."

"사흘이면 대충 비행기 시간이 맞겠군."

"그리고 저 때문에 한 달 넘게 고생 많으셨습니다."

"짧은 시간은 아니었네. 여러 가지 일도 많았고. 서울 하늘이 다 보고 싶군."

"자 자, 군말이 기네. 식사하러 가세. 한 달 내내 군것질을 안 했더니 아침 입맛이 당기는구면."

이철로가 상욱과 송면의 대화에 끼어들었다.

"긍께로."

중국에 와 덕치와 이철로는 합이 잘 맞았다.

그날 늦은 저녁 상욱은 서장에서 특수대 3팀과 합류했다.

다음 날 서장의 여관.

상욱은 소림의 각화를 방문했다. 그에게서 원화가 준 소환단을 받기 위해서였다.

탁자를 마주하고 앉은 각화는 손에 쥔 소환단을 내주기 아쉬워 주먹을 감았다가 펴기를 반복하고 있었다.

"사연이 있군요."

두개의
심장을
가진자

상욱이 각화를 보며 말했다.

잠시 미적이던 각화가 입을 열었다.

"효경에 신체발부身體髮膚 수지부모受之父母란 말이 있어 몸에서 나는 부스럼조차 부모에게 물려받은 것이라 하여 허투루 여기지 말라했네. 그래서 불가에서는 그 부모와 삼생의 연을 끊는 의미로 삭발을 하는 것일세."

"그 소환단. 부모님 중 누군가에게 드리려는 겁니까?"

"맞네. 난 중이지만 머리만 깎았을 뿐인지 싶네."

"특별히 그럴 이유가 계시죠?"

"후─우, 아버지가 마에 씌었네. 마음의 병일 수 있지."

각화가 잠시 입을 닫았다. 옛일이 떠올라 격해진 마음을 가다듬었다.

"난 속세에서 하북팽가의 장자長子였으나, 체질이 외탁이라 외양이 가문과는 거리가 있다네. 그래서 당신이 소림에 속가로 밀어 넣었는데 내가 덜컥 귀의해 버렸네. 당신은 소림의 외공으로 근골을 키우란 뜻이었는데 말일세."

"스님도 사람이라 별별 사연들이 있군요."

"그 후 당신께서 무공에 뜻을 두시더니 잡학에 이술異術까지 손대셨던 모양이라."

"그래서 기이한 기운이 몸을 잠식했다는 뜻이군요."

상욱이 마라는 표현을 기운이라 돌려 표현했다.

"흐음, 확실히 마라 불리기에는 이질적이기는 하군. 흡사 종규라는 자의 기운과 같으니까."

"그래요?"

상욱이 의외의 말에 솔깃했다.

종규의 카르마를 흡수해 역즉성단易卽成丹으로 천둔갑의 내공로 치환했다.

현재 경지를 떠나 내공으로만 따지면 단전에서 빠져나온 진기는 붉은 뱀이 되어 기혈을 운행하는 적사귀신赤蛇歸身의 경지를 훌쩍 넘어 적사가 단전에서 똬리를 틀고 황금 거북으로 변해 모래사장을 건너 한 걸음 한 걸음 내딛는 소구행해小龜行海를 지나쳤다.

뿐인가!

단전에서 나온 금구의 기세가 유유하고 도도하게 바다를 가르는 형국인 금구전단金龜轉丹. 즉 내공이 내단으로 변하는 단계에 접어들었다.

그만한 카르마를 한 번 더 모으면 마왕 에블리스의 권능도 일부지만 온전히 쓸 개연성이 보였다.

아니, 그 가능성이 열렸다.

"한국으로 귀국하는 데 나흘 남았습니다. 베이징으로 올라가는 길에 혈도를 열어 탁기를 몰아내 보겠습니다."

"정말인가?"

각화가 기쁨을 감추지 못했다.

내심 현경으로 추정되는 상욱에게 아버지의 상태를 진단

받고 싶었다.

약왕당의 사형 각연도 일간 그의 아버지를 보고 병이 아닌 마기에 가까운 내공의 문제라 했다.

그래서 염치 불구하고 소환단으로 거래를 청하려고 머뭇거렸던 것이다.

상욱이 고개를 끄덕여 확인해 주자 각화가 상욱의 손을 잡았다.

"고맙네, 고마워."

그날 서장 납살의 여관에서 상욱의 입으로 소환단이 사라졌다.

대인大人을 만나다

사흘 후.

인천공항에 도착한 상욱은 입국 절차를 마치고 경찰청 외사국장 오현화 총경 일행과 작별 인사를 나누던 중 뜻밖의 사람을 봤다.

원종이었다.

덕치도 사조 원종을 보고 이철로와 송면 형제를 이끌고 먼저 인사를 했다.

상욱은 특수대 3팀에게 사흘 후 사무실 출근을 지시하고 원종에게 갔다.

"안녕하시죠?"

그는 허리를 숙여 인사했다.

"인사는 됐고, 나와 같이 가세. 만날 사람이 있네. 진즉 인사를 시켰어야 할 사람인데 기회가 없었네. 자세한 말은 가면서 하세."

원종은 서두르는 기색이 역력했다.

"네, 알겠습니다."

상욱은 대답을 하고 입을 다물었다. 원종의 급한 마음만큼이나 일의 선후 정리가 필요해 보였다.

그리고 그의 시선은 덕치를 향했다. 그의 귀국을 원종에게 알릴 사람은 덕치가 유일했다.

"워미, 난 아니란께. 급살 맞게 생사람 잡겄네."

덕치가 손사래를 쳤다.

"내가 한두전에게 전화해 귀국 시간을 알아냈네. 가세."

원종이 덕치를 변명해 주고는 멀리서 손을 들고 있는 사내를 향해 걸어갔다.

손을 든 사내는 공항 밖에 대기하는 검정색 봉고차로 일행을 이끌었다.

차에 올라타자 원종이 상욱의 손을 잡았다.

"먼 길 갔다 오느라 고생했다. 네가 큰일 했다고 소림 원화 큰스님에게 전화를 받았다."

말하는 그의 얼굴에 긍지가 서렸다.

"서로 이익이 맞아떨어졌을 뿐입니다."

"어따메, 고생은 누가 혔는디. 허천나게 싸돌아댕긴 것은 우리고만."

덕치가 불만 가득한 얼굴로 이철로와 송면 형제를 보며 동의를 구했다.

그러나 그들은 짐짓 얼굴을 돌려 원종의 시선을 외면했다.

"아직도 나이들 먹고 장난질이더냐?"

원종이 이철로 등을 보니 웃음기를 머금고 있었다. 가볍게 그들을 타박했다.

"하하, 고생길이 길기는 했습니다."

그제야 이철로 등이 웃음을 터트렸다.

"어따메."

"이놈아, 평소에 맘을 곱게 쓰고 다녔으면 따돌림을 하겠느냐?"

원종이 오른손을 올려 덕치를 때리는 시늉을 했지만 얼굴에서 화를 찾을 수 없었다. 외려 미소가 그려져 있었다.

그의 미소에는 의미가 있다. 심술만 가득했던 불만 덩어리가 사람 속으로 파고든 감이 있어 좋아 보였다.

"다들 고생했다."

그는 덕담을 건네고는 상욱을 봤다.

불과 한 달 사이에 또 부쩍 성장을 해 버렸다. 처음 공항에서 보고 깜짝 놀랐었는데 가까이서 보니 이제는 그가 바라던 경지까지 올라 있었다.

장자莊子의 고사 중 한 구절이 떠올랐다. 싸움닭이 우뚝 서 있는 모습만으로도 적을 제압한다는 목계지덕木鷄之德의 경지가 그것이었다.

상욱의 존재감이 은근히 주변을 짓눌렀다. 내공을 끌어올리지 않아도 절로 주눅이 들어 사방을 지배했다.

"일단 성취가 있어 보이니 축하한다. 너희들도 마찬가지고."

그는 상욱의 어깨를 툭툭 쳤다.

"그리고 미안하다는 말도 해야겠구나. 여독을 풀 시간도 없이 일을 시키게 되서 말이다."

상욱을 태운 승합차가 한참을 달려 도착한 곳은 정치와 경제1번지 여의도였다.

의사당대로의 노후한 5층 건물 앞에 승합차가 서자 원종이 먼저 내렸다.

따라 내린 상욱은 앞 건물을 올려다봤다.

국회의원 안찬수

2층 유리창에 그 이름을 커다랗게 아세테이트 필름으로 붙여 놨다.

"들어가자, 자네들도 같이 가세. 어차피 무진이와 같이 움직일 것 아닌가?"

원종이 이철로 등을 보며 말했다.

승합차에서 내린 이철로 등은 마지못해 따라온 터라 미적거렸다.

"알겠습니다."

일행을 대표해 송만이 대답을 했다.

원종이 계단을 통해 올라가자 그 뒤를 상욱 등이 따랐다.

안찬수 국회의원 사무실은 마치 변호사 사무실 같았다. 보좌관들로 보이는 다섯 사람들이 책상 위에 서류를 쌓아 놓고 뒤적이거나 컴퓨터 자판을 열심히 두드리고 있었다.

그러다 문이 열리자 다들 일어나 원종에게 인사를 했다.

"안 의원은 계신가?"

원종이 묻자 30대 젊은 보좌관이 일어나 사무실 안쪽으로 갔다. 그리고 한 사무실이었을 방을 패널로 쪼갰음 직한 방을 노크했다.

"들어와요."

방음도 안 된 건너편 방에서 청수한 목소리가 들렸다.

원종이 거침없이 방 안으로 들어갔고, 상욱도 이철로 등과 같이 사무실에 따라 들어갔다.

40대 후반의 중년인이 책상에서 머리를 숙이고 있다가 일어났다.

넓은 이마와 높은 코에 두툼한 입술 그리고 붉은빛이 도는 안색은 보는 이로 하여금 참 시원하게 생겼다는 말이 절로 나오게 했다. 참 밝은 인상이었다.

더구나 마음의 창인 두 눈은 흰자위와 검은 눈동자의 구분이 뚜렷해 맑은 빛을 쏟아 냈다.

"스승님, 오셨습니까?"

중년인 안찬수는 원종에게 인사를 하고는 상욱 일행을 봤다.

"세 분 사형들과 사질은 아시는 분이고, 이분이 무진 사제가 맞겠군요. 안찬수일세."

안찬수는 상욱을 보며 악수를 청했다.

"박상욱입니다."

상욱이 목례를 하며 손을 잡았다. 안찬수의 손에서 열정이 전달되는 느낌이 들었다.

"자, 다들 앉으시죠."

안찬수는 상욱의 손을 놓으며 책상 앞에 놓인 소파에 자리를 권했다. 상욱을 제외하고는 다들 아는 사이라 인사를 나누는 동안 커피가 나오고 찻잔을 비웠다.

"사제, 이렇게 불러도 되겠지."

안찬수가 상욱을 보며 물었다.

"저는 개의치 않습니다."

상욱이 답했다.

"내가 어릴 적에 동건 사숙을 많이 흠모했었네. 그래서 그런지 사제가 남 같지 않아."

"그랬습니까?"

상욱은 아버지의 이름이 나오자 눈이 반짝였다.

"나중에 많은 이야기를 나누세. 흐흠, 중국에서 돌아오는 분들을 이렇게 모셔서 송구스럽습니다."

안찬수가 헛기침으로 말을 돌려 본론을 꺼내려 했다.

"워메, 불러 놓고 하는 말 보소?"

덕치가 구시렁거렸다.

그러자 원종의 눈이 왕방울만 해져 덕치를 째려봤다.

"머시기 말이 그렇다는 것이지."

덕치가 고개를 돌리며 슬그머니 꼬리를 내렸다.

그런 둘을 보며 안찬수는 미소를 머금다가 이내 심각한 얼굴이 되어 입을 열었다.

"사람을 하나 찾고 있네. 이미 경찰 쪽에는 실종 신고를 내고 조사하고 있지만 진전이 전혀 없네."

"어떤 사람입니까?"

대뜸 묻는 상욱의 질문은 여러 의미가 담겼다. 그 사람의 인적 사항과 특징 그리고 실종자를 찾는 이면을 묻고 있었다.

안찬수는 그 뜻을 알고 소파에 등을 묻었다. 그는 고민에 빠졌다.

'그 일까지 말해야 하는가?'

생각이 길어지자 상욱이 추가로 설명을 이어 갔다.

"사람을 찾는 일은 쉬운 것이 아닙니다. 실종에도 여러 종류가 있습니다. 본인 의사에 의해 잠적했을 수 있고 때로는 범죄에 연루되어 감금될 경우도 있습니다. 그도 아니면 교통사고가 나 의식불명일 수 있습니다. 일단 그 속을 알아야 수사의 방향을 잡을 일입니다."

"으음, 그렇기는 한데…… 잠시 독대를 하고 싶습니다."

안찬수가 이철로 등을 보며 말했다.

"일어나자."

대답을 원종이 했다. 그는 덕치나 이철로가 어떤 태도를 취할지 뻔히 알고 있었다. 그가 없으면 계속 이 자리에서 뭉개고 있을 인간들이었다.

네 사람을 데리고 원종이 나가자 안찬수가 소파에서 등을 떼고 상욱을 향해 몸을 내밀었다.

"지금부터 하는 말은 기밀을 유지해야 하네."

그는 목소리를 한껏 낮췄다.

"평소대로 말씀하십시오. 밖에서는 아무 말도 들리지 않을 것입니다."

"벌써 그 경지인가?"

상욱의 말에 안찬수의 눈이 커졌다.

그는 주화입마로 무공을 사용하지 못하지만 상욱이 말한 경지가 어떤 경지인지 알고 있다. 초절정을 넘지 않고서는 기파로 막을 만들 수 없는 일이었다.

젊은 나이에 절정에 올랐다가 초절정으로 넘는 과정에서

두 개의
심장을
가진 자

주화입마에 들었으니. 그는 상욱에게 선망의 눈길을 보냈다.

"스승님이 자네를 그리 칭찬한 데는 다 이유가 있었군."

"별말씀을 다 하십니다."

"아무튼 내 말이 밖으로 새는 일은 없으면 하네."

상욱은 안찬수가 거듭 기밀을 요구하자 호기심이 들었다. 그래서 고개를 끄덕이고는 안찬수의 입을 봤다.

"실종자는 노아미라는 초등학교 여선생일세. 나이는 28세고 아버지는 노호관이란……."

"혹 전직 헌법재판관 아니십니까?"

"알고 있군."

"판사 시절 정치인들에게 준엄했던 분이셨죠."

"그래, 그분의 둘째 따님일세. 그녀에게 사흘 전 전화가 와서 상담을 요청했네. 그녀와는 생면부지라 여기 사무실에서 만났었네. 그리고 그녀가 A4 용지 카피본을 한 장 줬는데, 그 내용이 VIP의 행사와 관련되어 있었네."

"스케줄 표 말입니까?"

상욱의 얼굴이 심각하게 굳어졌다.

'대통령을 건든다고?'

"그렇다네. VIP는 만나서는 안 될 사람을 만나고 있었네. 비공식적으로 말일세."

"누구입니까?"

"천지 그룹 윤재철 회장이네."

"으음."

상욱이 침음을 토했다.

이번 정권이 들어서고 재계 5위였던 천지 그룹이 재계 1위로 부상했다. 정부의 지원을 두고 말들이 많았다. 이 일이 사실이라면 핵폭탄급 파장이 대한민국을 휩쓸 것이다.

"뭐 그렇다 해도 대통령의 정치적 행보는 헌법이 보장하는 통치 행위로 초월적 가치를 지니고 있지. 다만 그 만남이 탐욕에서 나왔다면 탄핵감이기는 하지만."

"선생인 노아미는 어디서 그 정보를 얻었습니까?"

"천지 그룹 윤 회장의 다섯째 아들이 비서실장인데, 업무는 곧잘 하는데 사생활이 문란하네. 이름은 윤치호고 이제 서른일세. 이자가 결혼을 전제로 노아미와 만났는데 욕심만 채우고 결별했어. 그 과정에서 윤치호와 동거하던 노아미가 짐을 챙겨 나오는 과정에서 USB 하나가 딸려 온 모양일세."

"윤치호라……."

"아는 자인가?"

"예전에 재벌 2세 갑질로 뉴스에 나왔던 자 같군요."

"확실히 그런 일이 있었다더군. 이야기를 계속하겠네. 노아미가 나중에 USB가 윤치호 것인 줄 알았고 열어 봤는데 그 안에서 VIP 스케줄이 나왔다더군."

"그 정도야 별일 아니지 않습니까?"

"청와대에서 매달 불규칙적으로 윤 회장과의 회동 일정을 정해 보낸 모양인데…… 그 관계가 벌써 만 2년이네. 그 스케줄이 다 나와 있는 USB네. 그런데 그녀가 나와 만난 이후 사라졌네."

"그것만으로 VIP와 윤 회장이 모종의 거래가 있었다고 보기는 힘들겠고…… 이면에 감춰진 진실이 있겠군요."

"역시 몇 수를 보는군. 세상이 놀랄 에너지 프로젝트를 진행하더군. 그것은……."

"여기까지만 듣겠습니다."

"정말 영리하군. 딱 필요한 정도만 알겠다는 뜻이군."

"저는 정치에 뜻도 연류될 일도 없습니다. 인생 복잡해지는 것은 질색입니다."

상욱은 그렇게 말했지만, 수사를 하다 보면 그 프로젝트에 접근할 수밖에 없고 그 내용도 자세히 파악하게 될 일이다.

오히려 수수께끼를 푸는 미지의 궁금증에 의미를 부여했다.

"알겠네. 더 알아야 할 것들이 있는가?"

"노아미가 윤치호에게서 USB를 가져온 때가 언제입니까?"

"사흘 전전날이니 4일일세."

"의원님."

"사석에서는 그냥 사형이라 부르게."

"네, 사형."

상욱이 부르라는 대로 답하자 안찬수 표정이 묘해졌다.

대화를 하다 보니 꽉 막힌 천재로 보였는데 그도 아니었다. 가치관으로 정한 명분과 그것이 침해당하지 않으면 실리를 챙기는 타입이었다.

참 상대하기 힘든 유형이었다.

그 역시 이런 유형이기에 동질감이 들기는 하나 가치관이 어떨지가 문제였다.

'겪다 보면 알 일.'

"말하게."

"사람이 먼저입니까, USB가 먼저입니까?"

"당연히 사람이 먼저일세."

안찬수는 한 치의 망설임도 없이 대답했다.

"죽지만 않았다면 이틀 안에 데려오겠습니다."

상욱이 자신만만하게 말했다.

"믿겠네."

"여기 노아미의 기본 자료일세."

안찬수가 노란 대봉투를 내밀었다.

"그럼 이틀 후 뵙겠습니다, 사형."

상욱이 고개를 숙이고 사무실을 나왔다.

"무슨 일인데 기막까지 만들어?"

이철로가 밖에서 대기하다 궁금한 얼굴로 물었다. 다른 세 사람도 그러긴 마찬가지다.

"사람 하나 찾는 일입니다, 그 사이에 이권이 끼었을 뿐이고요. 다들 집에 가 계세요. 큰스님, 이만 가 봐야겠습니다."

상욱은 이철로 등을 떼어 놓고 원종에게 인사를 고했다.

"애 좀 써 주거라."

"아따, 어디 가는디?"

"이놈이 일하러 가는데 어딜 쫓아간다는 게냐? 너희들은 오늘 나랑 화엄정사에 들려야겠다. 덕치, 네가 그간 얼마나 늘었는지 확인도 할 겸 말이다."

"저희도 같이 말입니까?"

이철로가 일행을 대표해서 물었다. 그들의 눈에 기대가 가득 들어찼다. 화경의 고수와 손을 섞는 일이 삼시 세끼 먹는 다반사는 아니니 말이다.

"그래, 대신 덕치를 꼭 데려가야 한다."

원종은 턱 끝으로 문 쪽으로 슬금슬금 다가가는 덕치를 가리키며 말했다.

그러자 이철로와 송면 형제가 덕치에게 다가가 둘러쌌다.

"워메, 이 인간이 쌍으로 미쳤당께. 거그가 어디라고 간다는거. 저 건너를 가서 디져 봐야…… 그려 가잔께. 이 참에 싸잡아서 쓴 인생을 논혀야것당께."

덕치가 갑자기 마음을 바꾸어 순순히 따라나섰다.

그리고 그날 저녁 이철로와 송면 형제는 화엄정사에 갔었던 것을, 계란과 파스로 눈에 든 멍과 근육을 풀면서 후회와

회계의 시간을 가졌다.

덕치도 계란으로 눈에 든 멍을 풀며 그들을 보고 웃음을 지었다.

그는 저들이 고통을 받는다면 기꺼이 다음에도 그 자신을 희생할 각오가 되어 있었다.

정말 엉뚱한 인사였다.

안찬수 국회의원 사무실을 나온 상욱은 휴대폰을 꺼내 들었다.

주소록을 뒤져 초성 세 자리를 눌렀다.

-송영열

액정에 이름이 떴다.

띠리리링.

벨이 울리자마자 걸걸한 목소리가 들렸다.

-아이고, 이게 누구십니까? 좌천당했다더니⋯⋯ 근 1년 반이나 소식도 없이⋯⋯ 어딥니까? 오랜만에 얼굴 보며 낮술이나 한잔합시다.

"여전히 시끄럽구먼. 나 이번에 복귀했어. 사무실 맞지?"

-에헤~ 내가 나이도 두 살 많은데 반말은. 이거 상도덕은 지킵시다.

거기다 나 이번에 서기관으로 승진했소.

"간통죄 폐지되었다고 집에서도 공소시효 없어지나? 또 횡령 건도 그렇고."

―아, 언제 적 이야기를 하고. 추접스럽게 횡령은…… 30만 원 갖고 그래. 그리고 경찰이 그렇게 협박해도 되는 거요?

"경찰이니까 말로 협박하지, 딴 놈 같았으면 돈 달라고 했어 이 양반아."

―이 양반은 내가 할 소린데, 왜 전화해서 염장질이오?

"부탁 하나 하려고."

―그게 부탁하는 사람 자세요?

"이 자세가 어때서. 빚 받을 사람 자세인데."

―휴우, 졌소. 부탁할 게 뭐요?

"송 형, 끼워넣기 하나 합시다."

상욱은 부탁하는 처지라 그래도 존댓말로 달랬다.

―요즘 개인 정보 법이 워낙 강화돼서…….

"그럼 말고. 집 전화번호를 수첩 어디에다가 적어 놨는데."

―아 말이 그렇다는 것이지 뜻까지 그런 것 아니오. 그리고 이번 일로 그 빚 좀 청산하고 다시는 알은체하지 맙시다. 이름하고 주민등록번호 불러 보시오.

"노아미, 여자고 주민등록번호는 90……."

―알았고. 진짜 다음에는 연락하지 맙시다.

띠익.

송영열이 일방적으로 전화를 끊어 버렸다.

상욱은 휴대폰을 보며 입꼬리가 말려 올라갔다. 비웃음과 헛웃음이 섞였다.

나쁘게 말하든 좋게 말하던 송영열을 대변할 만한 말은 딱 하나였다.

하이에나.

기회주의자고, 필요에 의해 사람을 만나는 자였다. 그러다가도 먹잇감이 나타나면 어디든 집요하게 물고 늘어져 먹잇감을 넘어뜨리는 잔인함까지 가졌다.

그러니 분명히 오늘 안에 그가 특수대로 발령이 난 것을 알고 먼저 연락을 해 올 것이다.

송영열은 그런 놈이었다.

금감원 금융분쟁조정 5과.

'아오, 이런 씨~벨 놈이.'

휴대폰을 끊은 송영열은 칸막이 너머 직원들 때문에 소리를 못 지르고 휴대폰에 입 모양으로 욕설을 내뱉었다.

의자에 앉은 그는 한참을 생각하다가 앞자리에 대고 말했다.

"이 계장님, 나 좀 봅시다."

"네, 과장님."

앞자리의 40대 초반의 넉넉한 체구의 중년인이 자리에서 일어나 그에게 다가왔다.

"무슨 일 있으신데? 얼굴빛이 안 좋습니다."

이창성 계장은 붉게 변한 송영열의 얼굴을 보며 반말 반 존댓말 반으로 말했다.

그는 금융분쟁조정 5과장이란 명패를 보며 자리에 앉은 송영열을 내려다봤다.

송영열은 젊은 나이에 고속 승진을 밟고 있는 엘리트였다.

지금처럼 5백 명씩 뽑는 시험이 아닌 2008년 이전 경제 고시라는 CPA(Certified public accountant. 공인회계사)에 합격하고 금감원에 특채된 자였다.

얼마 전에는 행정 고시까지 패스해 남들의 부러움을 샀다.

이런 그라 불만 하나 없이 허허하지만 이권과 관련해서는 얼마나 냉혹한 사람인지 여러 번 겪었다.

그런 송영열이 얼굴을 붉힌 일이 세 손가락 안에 꼽을 정도인데, 무슨 일인지 몰라도 단단히 화가 난 것이다.

"담배 한 대 피웁시다."

송영열이 일어나 먼저 옥상으로 향했다.

옥상에 올라가자 제법 찬 바람이 송영열과 이창성의 얼굴을 할퀴고 갔다.

"아, 진짜 짜증 나네."

송영열은 열흘을 참았다가 피는 담배라 머리가 핑 돌았다.

"끊었던 담배는 왜?"

"부탁 하나 합시다."

이창성의 물음에 송영열이 반쯤 명령조로 말했다.

"보증을 서라는 말만 아니면 됩니다."

이창성 농담에 송영열이 피식 웃었다.

"제가 이 계장님 덕에 삽니다. 별것은 아니고, 이것 좀 끼워 넣기 해 주세요."

"나이스 크레딧에 말입니까?"

"뒤는 제가 책임지겠습니다."

"요즘 개인 정보 민감한 것 아시잖습니까?"

"확인 들어갈 사안은 아니니 최대한 빨리 뽑아 주세요."

"쩝, 알겠습니다."

"참, 경찰청 윤리계에 친구분 계신다고 하셨죠."

"네."

"하는 김에 부탁 하나 더 얹읍시다. 박상욱이라고 35세 정도 처먹은 놈이 있습니다. 전에 서울청 광역수사대에 있었는데 지금 어디서 뭐 하고 있나 알아볼 수 있을까요?"

"별로 어려운 일도 아니군요. 바로 알아보겠습니다."

이창성이 답을 주고 돌아섰다.

"이 계장님."

송영열이 이창성을 불러 세웠다.

"이 일은 둘만 아는 겁니다."

"당연하죠."

이창성이 돌아섰다.

"이 계장님."

"또 무슨?"

약간 짜증이 난 이창성이 돌아섰다.

"담배 한 개비 더 주세요."

"여기."

이창성이 담배를 갑째 건네고 돌아섰다. 그런데도 다시 송영열이 이창성을 불렀다.

"어~어 나 불만 없네요."

"아, 진짜."

짜증을 제대로 내며 라이터 불을 당긴 이창성이 송영열의 입으로 가져갔다.

"창성이 형, 고맙소."

송영열이 목구멍까지 올라왔던 말을 토했다.

"아쉬울 때만 형이래."

이창성이 투덜거리며 옥상을 내려갔다.

"후~우, 질긴 놈."

그가 박상욱을 만난 것은 지지리도 복 없는 년 때문이었다.

첫사랑이라고 초등학교 동창회에서 만난 계집과 사통을 했다. 그년이 마약을 하다가 체포되는 과정에서 현장에 그가 있었다.

 발가벗고 있는 남녀를 담당 형사가 봤으니 간통 사실이 드러났다. 담당 형사 팀장이 박상욱이었다.

 그때 직장에 통보를 하지 않는 조건으로 박상욱에게 사탕발림을 했지만 개무시만 당했다. 그나마 직장에 통보 없이 말없이 지나가자 간이 커졌다.

 '제길, 그때 끝냈어야 했는데.'

 물장사하는 손아래 처남 놈이 조폭들에게 삥 뜯기고 쥐어터져 눈이 돌아 버린 것이 화근이었다.

 혹시나 하고 상욱에게 연락했더니 조폭을 아주 아작을 내 버렸다. 피해자들을 어찌나 잘 구워삶았는지 피해자 진술만 소설책 수준이었다. 결국 똘마니까지 범죄단체와 갈취, 폭력 등으로 똘똘 엮어 서너 바퀴를 돌렸다.

 사회에서 3, 4년이야 금방이지만 교도소에서 그 시간은 인세 지옥이나 마찬가지다.

 그렇게 조폭 청소를 시작해 때로는 그도 박상욱과 관련된 금융 관련 민원 청탁을 해결해 주고는 했다.

 그 기브 앤드 테이크가 오가다 1년 반 전에 연락이 끊겼다.

 세상을 살며 항상 갑의 위치인 그가 상욱만 만나면 묘하게 을이 되었다. 그러다 오늘은 왜 갑자기 나타나 앙앙질인지…….

어디 한직으로 털려 있으면 이번 판에 작업을 해 시골 막걸리 순사로 만들어 버릴 심산이었다.

그는 담배를 바닥에 버리고 비벼 껐다.

1시간이 지나자 이창성 계장이 결재판을 들고 송영열 옆자리에 섰다.

"과장님, 여기."

송영열은 결재판과 이창성을 번갈아 보더니 결재판을 열었다.

나이스 크레딧 결과표

이 제목으로 두 장의 서류가 붙어 있었다.

깨알 같은 글씨로 노아미의 전화번호부터 개인 인적 사항이 나열되어 있고 그 밑으로 거래 은행의 통장과 카드 사용 내역이 따라붙었다.

뒷장에는 최근 사용 장소와 시간이 첨부되었다.

"흠, 28세 선생에 20억 재산이라……."

"저, 과장님. 담배 한 대 피우시죠."

이창성이 송영열을 보며 눈을 찡긋거렸다.

"그럴까요."

다시 올라간 옥상은 여전히 추웠다. 이창성은 담배를 꺼내 송영열에게 내밀었다.

"됐소, 퇴근 시간 가까워져서…… 딸아이 코가 개코요. 담배 피우고 들어가면 안기질 않아."

"200원 굳었네."

틱.

"스흐흡."

터보 라이터로 이창성이 담뱃불을 댕기고는 깊숙이 들이마셨다.

"뜸은…… 저녁때 삼겹에 쐬주 한잔."

"콜."

"빨리 풀어 봐~."

"박상욱. 나이 35세, 계급 경감, 경찰청 특수수사대 3팀장. 여기까지만 보면 제법 잘나가는 형삽니다."

"이 인간 좌천됐다더니만 진급했네. 부서도 옮기고."

"원래 알고 있었습니까?"

"인연이라야 개미 허리만큼."

"이 인간 가까이하기에는 주변이 너무 드셉니다. 멀리하지 않으면 잡아먹힙니다."

"날 너무 무시하는 것 아니오? 나 송영열이오."

"어디 가서 지퍼 채우시는 조건으로 알고 말하겠습니다."

"참 나, 내 입을 뭐로 보고."

'한 여름 어항에 금붕어처럼 주둥빼기만 산 인간이지.'

속으로 투덜거리는 이창성이지만 오늘 들은 이야기를 거

침없이 토해 냈다.

"어디 시골로 좌천되었다가 복귀 한 달 만에 조폭 두 개 세력을 작살냈답니다. 그리고 중국 베이징에서 보석 절도 사건이 났을 때 결정적 단서를 제공했다고 합니다."

"몇 주 전 신문에 났던 경찰청 소속 형사가 그 인간이라고?"

"게다가 저번 국회의장 서일국을 그자가 작업했다는 둥 청와대에서 픽업해 간다는 둥 그 인간을 중심으로 별별 소문이 만발한 모양입니다."

꿀꺽.

송영열이 마른침을 삼켰다.

먼지 털어서 안 나올 인간이 어디 있겠는가?

특히나 몇 달 전부터 들어온 은행권 민원 청탁을 어제 마무리 지었다. 업무상 편의 제공 선이었지만 괜히 제 발이 저렸다.

불가근不可近 불가원不可遠.

선생, 기자, 경찰을 두고 가까이도 멀리도 하지 말하던 사회 초년 때 정년퇴직한 사무관의 말이 떠올랐다.

심각하게 굳은 그를 두고 휴게 탁자에 담배와 라이터를 놓고 이창성이 자리를 비워 줬다.

담배를 한 대 바르고 송영열이 일어났다.

'인생 뭐 있냐? 한 번 살지 두 번 사냐.'

그는 단축번호 112를 눌렀다.

"나요, 노아미 금융거래 자료 땄소."

─……

"알았소, 밑으로 내려가겠소."

송영열이 쓰게 웃으며 휴대폰을 껐다. 하지만 화가 치밀었다.

오늘 하루 박상욱의 손바닥 안에 놀아났다.

그가 박상욱의 뒤를 캐고, 부탁한 금융거래 자료를 넘기기까지의 결정을 박상욱은 예상하고 있었던 것이다.

송영열은 주먹을 꽉 쥤다.

'청와대 쪽과 선이 닿았다고…… 내 머리 꼭대기에 올라가 논 만큼 언젠가는 빚을 갚아 주지.'

옥상을 내려가는 송영열의 뒷모습 뒤로 매서운 겨울바람이 쓸고 지나갔다.

상욱은 금감원 옆 커피숍 주차장 차 안에서 송영열의 전화를 기다리고 있었다.

그는 갑자기 가슴을 불쑥 치고 올라오는 카르마에 어깨를 올리고 등을 굽혔다.

"이, 이런. 너무 포식을 했나?"

그는 중국에서 서울로 돌아오기 이틀 전에 하북 천진시의 팽가장에 들렸다. 소림의 18나한 동인 각화의 부친 팽가주의 상태를 확인하기 위해서였다.

팽가의 가주 팽연관은 연공관에 갇혀 있었다. 흡사 부안 부사의암 적멸보전에 갇혀 묶여 있던 지난날의 그와 같았다.

그가 당시 자마트라로 마기에 취했다면 팽연관은 벨제뷰트의 잔재를 얻었는지 카르마를 풀풀 풍겼다.

넝마로 변한 상의를 입은 팽연관은 상체 위로 특수한 쇠사슬에 묶인 채 정제되지 않은 거친 카르마를 검은 화마처럼 태웠다.

상욱은 각화에게 양화를 구하고 팽연관과 독대를 했다.

예상외로 팽연관의 카르마를 흡수하는 극자흡성의 작업은 쉽지 않았다.

종규의 경우 조건 없이 카르마뿐 아니라 영혼까지 탈탈 털었지만 팽연관은 경우가 달랐다. 오직 카르마만 분리해 내야 했다.

덤으로 내공은 그대로 남겨 둬야 하니, 어려운 작업이 기다리고 있었다.

오히려 마왕지체로 극자흡성의 권능으로 카르마를 흡수하다 크게 놀랐다. 팽연관의 내공과 영혼까지 걷잡을 수 없게 빨려 왔기 때문이었다.

그 후로 팽연관의 카르마를 잠시 흡수했다가 내공을 정제해 되돌려주는 과정을 반복하다가 그가 먼저 질려 버렸다. 정제된 내공이 순식간에 다시 카르마에 오염되었다.

상욱은 방법을 바꾸었다.

천둔갑의 내공으로 카르마를 단전으로 이끌었다. 전혀 다른 기운이 들어오자 천둔갑의 내단이 거부했다.

그래서 극자흡성의 묘리와 역즉성단을 번갈아 쓰며 카르마를 조정하자 당근을 본 노새처럼 쫓아왔다.

이게 또 묘한 것이 단전 앞에서는 댐에 막힌 연어처럼 거스르지 못했다.

다행히 카르마와 천둔갑의 내공이 섞이지 않아 온전한 역즉성단으로 카르마를 내공으로 치환했다.

이러길 대여섯 차례, 카르마가 상욱의 단전에 안착했다.

하지만 문제는 팽연관이 카르마를 종규에 못지 않는 양을 가지고 있었다는 점이었다. 상욱의 혈로에 이놈들이 가득가득 들어찼다.

상욱은 그 자리에서 운기조식에 들었다.

하루가 지나 상욱이 눈을 떴다.

"어디서 온 누구인가?"

정신을 차린 팽연관이 형형한 눈빛으로 상욱을 바라봤다.

"은인에게 할 말이 그게 전부입니까?"

"내가 정신이 혼미해 있었어도 보고 느끼기는 했네. 그 음의 기운이 마기 이상으로 사악한데 그대는 꿀처럼 빨아들이더군. 둘 중 하나겠지. 그 음의 기운을 본래 지닌 자거나 극상의 정종내공으로 소멸한 경우."

"그래서 어떻게 결론이 났습니까?"

"모르겠네. 그 음의 기운을 가진 듯하고 나중에는 정종내공으로 기운을 흡수하고 억눌렀으니."

"갈등이 심하더군요. 살려 준 사람에게 손을 쓸지 말지."

"내가 폭주했어도 무림이 반 토막 나고도 남았네. 그런데 그대가 그 사악한 기운으로 야욕을 가진다면…… 생각만으로도 참담하군."

"앞으로 노사와 만날 일 없는 외국 사람입니다. 각화대사에게 부탁을 받고 왔으니 말은 여기까지만 섞죠."

상욱이 결가부조를 풀고 일어났다.

"큰놈의 부탁이라고?"

"좋은 아드님을 두셨습니다."

상욱은 턱 끝을 내리고 연공관을 나섰다.

기운의 기반을 천둔갑으로 두고 있는 지금 카르마는 더부룩하기만 했다.

그리고 생각은 여기까지였다.

송영열에게 전화가 올 때가 됐다.

그자를 생각하며 씨익 웃는 상욱의 이빨이 유달리 하얬다. 그리고 서류를 뒤적였다.

그는 송영열이 뒷조사를 하는 동안 삼성동 집에 들러 차를 가지고 논현동을 관할하는 강남경찰서에 방문해 여청과 실종 팀을 찾았다.

그리고 실종 관련 기초 수사 서류 복사본을 넘겨받고 이동해 금감원 옆 커피숍 주차장에 차를 세웠다.

금감원이 있는 여의도와 강남경찰서는 지하철 열네 개 역을 지나는 거리라 30분 내외였다.

뒤적이는 서류, 강남경찰서 실종 팀 기초 수사는 착실했다. 그래도 대충 훑어보고 덮었다.

지금 중요한 것은 실종이 자발적이었는지 범죄에 연루됐는지의 문제였다.

그것을 가늠할 척도가 대한민국 모든 사람의 금융 정보가 담긴 나이스 크레딧의 노아미에 대한 최근 금융거래 내역이었다.

"연락 올 때가 됐는데."

상욱이 시계를 봤다. 송영열에게 연락하고 1시간이 지났다.

우우우웅.

핸드폰이 울렸다.

"내려오시오. 금감원 옆 커피숍 주차장에 있소."

잠시 후 상욱은 송영열에게 건네받은 서류를 넘겼다.

공무원 카드와 고속도로를 이용한 하이패스 카드 내역은

어제 저녁까지였다. 공무원 카드 사용 내역은 식당과 모텔이
었다.

'흐음, 그런데 부산이라······ '

상욱은 서류를 내려놓았다.

부산IC를 빠져나온 기록과 부산의 요식업체에서 사용 금
액은 9만 원이 약간 넘었다.

'2, 3인 분이라는 뜻인데.'

하지만 선뜻 노아미가 부산에 내려갈 이유부터 떠오르지
않았다.

그래서 옆자리에 강남서에서 가져온 서류를 집었다. 위로
넘기며 노아미의 주민등록초본을 살폈다. 예상처럼 서울 토
박이라 부산에 주소를 둔 적도 없고 학교조차 서울에서 나오
고 교생실습도 경기권이다.

'제 발로 갔거나 납치당했다면 납치범들이 카드를 썼다는
뜻인데······ '

답은 하나였다. 카드를 사용한 식당에 전화를 해 볼 수밖
에.

띠리링.

−사랑합니다. 고객님.

114 안내원의 목소리가 들렸다.

"부산 화이트 하우스요."

−뭐 하는 곳인가요?

"식당."

－레스토랑이네요. 잠시만 기다리…… 연락받으실 전화번호는…….

안내원의 멘트가 끝나기 전에 전화번호 안내가 되었고 상욱은 전화번호를 듣자마자 버튼을 눌렀다.

－최상의 서비스, 화이트 하우스입니다.

"위치가 어디죠?"

－서면 중앙대로 691번 길이고요, 다이소 옆에 있습니다. 손님. 예약 접수할까요?

"아니요, 고맙습니다."

상욱은 전화를 끊었다.

부산 중심 서면에 이 정도 식당이면 CCTV는 기본으로 설치되어 있을 일이다.

상욱은 다시 핸드폰을 들었다. 이번에는 이영철이다.

－애인이 둘이라 바쁘실 텐데 어찌 저에게 다…….

가승희. 그러니까 비토리와 일을 모르는 이영철이라 농담을 툭 던졌다. 묘하게 그의 목소리에 질투가 심어져 있었다.

"남자가 남의 연애사에 관심은, 지금 특별한 일 없지?"

－쉬라고 해서 침대에 배 붙이고 있는데요.

"그럼 사람 하나 찾자."

－저 흥신소 일 안 합니다.

"납치 같다."

－중국에서처럼 허수아비로 만들어 놓으면 인간도 아닙니다.

"알았으니까 일단 협조 공문 뽑아 놔. 서류를 사진 파일로 문자 전송하려니까."

상욱은 전화를 끊고 필요한 서류를 찍어 보냈다.

그리고 강남서에서 가져온 서류에서 노아미의 통신 기록을 보며 마지막 통화를 한 사람을 확인했다.

소한솔. 25세.

동료 교사로, 전화 통화만 했는지 연필 글씨로 적힌 메모 몇 자가 복사 되어 있었다.

그 마지막 통화 시간을 보니 40분, 짧은 시간이 아니었다.

보통 안부를 묻거나 부탁을 할 때 통화 시간은 기껏해야 5분을 넘지 않았다.

연인도 아닌데 지나치게 긴 시간이었다.

그에 비해 수사 메모 내용은 너무 상투적인 인사 내용이다.

여기에 노아미의 통화 내역만 한 달이라 소한솔과의 통화 기록을 살폈다. 주중에 몇 통이더니 2주 전 주말부터 통화량이 부쩍 늘었다. 통화 시간도 횟수만큼 비례했다.

'흐─흠, 노아미만 탓할 것이 아닌가?'

통화 패턴으로 보아 양다리다.

젊은 동료와 로맨스 그리고 연상이지만 제멋대로인 재벌

가의 남자.

"어디로 흘러가는 거지?"

상욱은 승용차 시동을 걸었다.

USB는 또 뭡니까?

문학초등학교 앞에 선 상욱은 손에 쥔 휴대폰을 내려다봤다. 진동이 울린 폰의 액정에 낯선 번호가 떴다.

"박상욱입니다, 소 선생님."

상욱은 휴대폰을 받았다. 건너편에서 잠시 침묵이 흘렀다.

－저, 그냥 이름을 불러 주시면 될 것 같구요. 교문 앞에 계신 분 맞죠?

초등학교에 오면서 통화했던 소한솔이었다.

상욱은 휴대폰을 내리고 학교 건물 사이에서 손을 든 젊은 사내를 봤다. 액정을 터치하고 그를 향해 갔다.

'소 선생? 뭐 놀림 꽤나 받았나 보군.'

걸으며 피식 웃음이 나왔다.

상욱은 마주 걸은 걸음이라 소한솔과 금방 대면했다.

"이거 실례합니다, 다시 말씀드리죠. 경찰청 특수대 박상욱입니다."

"강남서 여성청소년과 실종 담당하고 통화했는데 굳이 저를 만나야 할 이유가 있습니까?"

상욱이 내민 손을 민망하게 만들며 소한솔이 인상부터 긁었다.

"쩝, 이거 뭐라고 말씀드려야 하나요?"

소한솔은 상욱의 말에 눈을 보며 떠봤다.

"왜, 노 선생에게 무슨 일이 있습니까?"

소한솔이 걱정 가득한 표정으로 물어왔다.

'확실히 이놈은 이번 건과 상관이 있군.'

상욱은 눈동자가 흔들리며 바짝 다가서는 소한솔에게서 진정을 느꼈다.

"아니, 강남서 실종 팀과 통화했다고 짜증을 내니 한 말입니다."

"휴-우."

소한솔이 긴 안도의 숨을 내쉬었다.

"풋, 재미있군."

"네?"

상욱의 말에 소한솔이 두 눈을 동그랗게 뜨고 반문했다.

"노아미랑 언제부터 사귀었지?"

두 개의
심장을
가진 자

"……."

상욱의 반말은 둘째 치고 뜬금없는 말에 소한솔은 당황한 표정을 지었다.

그렇게 말이 반 박자 늦자 상욱이 쓱 치고 들어갔다.

"왜, 내가 윤치호처럼 주먹으로 경고를 할까 봐?"

"어, 어떻게 아셨습니까?"

"본인 입으로 말하지 않았나?"

"네?"

"나이 많은 여선생님에게 선생이라고 말하면 빤하지 않나. 더구나 요새 밤 늦게까지 노아미랑 통화한 시간이 1시간을 넘기던데 그럼 답 나온 것 아닌가? 그리고 어느 놈한테 제대로 맞아 속병이 들었구먼. 이리와 봐."

상욱은 빠르게 말을 하며 등을 굽히고 있는 소한솔의 오른손을 잡아당겼다.

"젊은 선생이 어디 가서 쌈질 할 일은 없고…… 눈에 실핏줄이 터져 점상출혈이 있잖아."

"돼, 됐습니다."

눈 밑을 검지로 잡아 내리는 상욱을 뿌리치며 소한솔이 물러나려 했다.

그러나 힘으로 될 일이 아니었다.

"가만히 있어 봐."

상욱이 소한솔의 오른쪽 옆구리를 살짝 찌르자 '욱' 하며 소한솔이 허리를 굽혔다.

"어라, 엄살이 좀 심하네. 맞고 나서 한 20분은 숨 쉬기 어려울 정도로 아팠겠구먼."

"어떻게 알았습니까?"

소한솔이 불신에 찬 얼굴로 상욱을 올려다봤다.

나흘 전에 당한 린치다. 그 일을 알고 있다는 것은 윤치호과 한패가 아니면 불가능한 일이다.

"사람이…… 몇 대 맞고 소심해졌네. 저쪽 벤치로 가자고."

상욱은 학교 운동장 끝 벤치를 가리켰다.

소한솔은 곧바로 고개를 흔들며 거부했다.

"경찰이 기업인 뒤처리도 합니까?"

"쯧쯧, 이 양반아. 어딜 봐서 내가. 젊은 사람이 허리를 구부리고 다니고 눈에 점상출혈이 있을 정도면 어디 가서 쳐맞은 것밖에 더 있어?"

"형사는 그런 것까지 압니까? 무슨 의사도 아니고."

"내가 무공의 고수라서 그래. 자 자, 가자고."

상욱은 왼손으로 소한솔의 오른손을 잡아끌며 오른손으로 소한솔의 등을 두드렸다.

사실 상욱은 소한솔을 대면하며 살짝 화가 치밀었다.

천지 그룹의 뒷배가 되는 쟁천의 사람이 있는 모양인데, 평범한 사람에게 내공까지 써 가며 때렸다. 복강 내에 울혈이 찰 정도였다.

그걸 등을 두드리며 천둔갑의 내공으로 잡아끌었다.

소한솔은 갑자기 오한이 들며 속이 미식거리자 벤치에 가자마자 주저앉았다.

"콜록, 콜록."

마른기침이 차오르고 식은땀이 쭉 올라오자 소한솔은 겁을 덜컥 집어먹었다.

"저, 저를 어떻게 콜록, 콜록, 하려고 온 거요?"

"지랄을 한다."

상욱이 웃으며 소한솔의 등을 탁 쳤다.

"케엑."

소한솔은 토악질을 하며 목구멍에서 검붉은 가래를 게워 냈다.

"시원하지?"

"네, 네."

소한솔은 배와 가슴을 묵직하게 눌렀던 통증이 한 번에 가시자 고개를 크게 끄덕이며 말했다.

"이제 필요한 것은 대화 같은데. 우선 노아미 선생 이야기부터 들어 볼까?"

"……."

상욱의 말에 소한솔은 여전히 의심이 가시지 않은 눈이었다.

"신분증이라도 까 줘?"

상욱은 양복 안주머니에서 지갑을 꺼내 신분증을 찾았다.

"아닙니다. 명함이나 한 장 주십시오."

그제야 소한솔은 상욱의 신분을 인정했다.

"자."

상욱이 지갑에서 명함을 꺼내 줬다. 그걸 소한솔이 한동안 보고 입을 열었다.

"경감씩이나 되는 분이 실종자를 찾고 다니십니까?"

첫마디가 계급 이야기라 상욱은 눈살을 찌푸렸다.

"의경 제대했냐?"

"네."

"지금 노아미가 중요할까, 내 계급이 중요할까?"

"당연히 노아미 선생이죠."

"그럼 아는 대로 말해 봐."

"어떤 걸?"

"작은 것 하나까지."

"제가 아미를……."

소한솔의 이야기는 길었다.

요약하면, 소한솔이 문학초등학교에 발령받은 작년부터 썸을 탔는데, 노아미가 윤치호를 소개받고 소원해졌다가 한 달 전 회식 자리에서 만취한 노아미를 귀가시켜 주며 부쩍 가까워졌단다.

그때 이미 노아미와 윤치호의 사이가 틀어지며 마음이 윤치호에게서 멀어진 상황이라 소한솔에게 의지를 했던 모양이었다.

어쨌든 노아미는 양다리를 걸치는 상황이었다.

그런 노아미가 윤치호와 완전한 결별을 했다며 같이 새롭게 출발을 약속했는데, 다음 날 윤치호가 소한솔이 자취하는 원룸으로 찾아왔다.

물론 소한솔은 윤치호를 그날 처음 봤고, 그를 통해서 세상이 신념과 정의만으로 살 수 없다는 것을 피부로 느꼈다.

같이 온 중년인의 주먹이 무서웠지만 부모 형제가 다치는 것은 더 무서웠다. 윤치호는 그도 모르는 족보까지 꿰고 있었다.

그래서 다음 날은 어찌어찌 노아미를 피했는데 거기까지가 한계였다. 원룸에 찾아와 따지는 노아미에게 시치미를 뗐지만 상황을 파악하곤 화를 내며 갔다.

그게 마지막 노아미와 만남이란다.

소한솔의 말이 끝나자 상욱은 소한솔을 한참 바라봤다.

윤치호에게 오지게 당한 모양이었다.

하지만 말하는 중간중간 심박이 빨라지고 목이 타 입맛을 다셨다. 이놈은 몇 가지 거짓말을 하고 있었다.

"왜, 왜요?"

"전화 통화는 뻔질나게 했던데? 사흘 전까지."

"그것은 아미가 연락이 되지 않아서…….."

"진짜로? 노아미 부산에 가 있는 거 알고 있잖아."

"…….."

소한솔이 말을 끊었다.

상욱은 툭 던진 말이 정곡을 찔러 소한솔이 입을 다물자 미끼를 하나 더 툭 던졌다.

"부산에서 노아미가 어제 저녁 누군가와 식사를 했는데 말이야. 아무래도 내려가 봐야겠어."

"저도 가겠습니다."

"어디를?"

"노 선생을 찾으러 저도 부산 가겠다고요."

"부산을 따라간다고? 어이쿠, 이보세요 소한솔 슨상님, 학생을 가르쳐야 할 슨상께서 형사 놀이를 하겠다 이 말이시네."

"휴가를 내고 오는 길입니다. 그리고 아미가 부산에 간 데는 다 이유가 있단 말입니다!"

소한솔의 목소리가 높게 올라갔다. 그리고 그의 눈에 물기가 찼다.

"아미와 이유라…… 이제 제대로 된 이야기를 하시겠다. 아니지, 아니야. 소한솔 씨, 노아미 씨한테서 USB 받은 것이오?"

상욱의 얼굴에서 장난기가 싹 빠졌다.

소한솔의 태도에서 노아미가 위험에 처해 있다는 것을 엿
봤다. 노아미가 행방을 감춘 이유를 알고 있다는 뜻이다. 소
한솔이 거짓말을 하고 있다는 것을 알았지만 이렇게 허무맹
랑할 줄은 몰랐다.

"당, 당신도 그것이 중요합니까?"

"소한솔 씨, 당신이 날 어떻게 봤나 모르지만 난 정치랑
거리가 가까운 사람 아닙니다. 노아미 씨를 찾기 위해 내용
만 대충 알 뿐이고 깊게 파고들 생각도 없습니다. 비록 이 사
건은 안찬수 의원과의 친분으로 나섰지만, 대한민국 형사로
서 한 사람의 생명이 어떤 가치보다 우선할 수 없다고 생각
하는 사람이오."

상욱이 진지해졌다.

"휴—우, 어제까지 연락이 되던 아미가 어제 아침부터 연
락이 끊어졌습니다."

"두서없이 이야기하지 말고…… 아니, 내 차로 갑시다. 부
산 가면서 대화를 합시다. 심도 있게."

상욱이 먼저 벤치에서 일어났다.

차가 달리는 동안 날이 점점 어두워졌다.

"저…… 아미에 대해서 안 물으십니까?"

소한솔이 옆자리에서 상욱에게 물었다.

"한 사람이 더 합류할 거야. 두 번 묻고 답하면 묻는 사람

은 어쩔지 몰라도 대답하는 사람은 피곤할 테니까 딱 한 번만 물어보지. 아무튼 부산에 가는 동안 줄곧 물을 테니 기대해."

상욱이 답을 하고는 입을 다물고 차를 몰았다. 20분 만에 특수대 사무실에 도착한 상욱은 주차장에 끝에 차를 세웠다.

그곳에 이영철이 서류 봉투를 들고 서 있었다. 사무실에 오는 동안 상욱과 통화를 한 이영철은 부산 출장 준비를 마쳤다.

조수석 문을 열려던 그는 앞자리를 차지하고 있는 소한솔을 보며 고개를 갸웃거리고는 뒷문을 열었다.

탁─.

뒷좌석에 앉은 그는 곧바로 물었다.

"이 친구 누굽니까?"

"소한솔."

상욱이 대답했다.

"아, 그 소 선생."

"저 소한솔이라 불러 주십시오."

"어, 그런데 형님. 이 인간이 단축키입니까?"

"말조심해 주고."

"뭐, 그러라면 극존칭으로 모셔야죠. 당신, 그래도 되지요 ~ 여기서 당신은 1인칭 극존칭입니다."

"휴~우, 됐습니다. 그냥 말 놓으세요."

소한솔은 짧은 순간 이영철의 너스레에 고개를 절레절레 흔들었다.

팡팡.

"하하하, 몇 살 더 먹은 유세는 아니고. 그래도 하루는 꼬박 같이 붙어 있으니까 불편해서 그렇지. 나 이영철이야, 범죄자 숨소리까지 캐내는 사람이지."

이영철이 조수석 의자를 두드리며 명함을 꺼내 소한솔에게 줬다.

"아, 네."

소한솔이 몸을 반쯤 돌려 이영철의 명함을 받았다.

"풋."

상욱은 발령 받은 날이 떠올라 갑자기 실소가 터졌다.

"왜 그럽니까?"

소한솔이 의아한 눈으로 상욱을 봤다.

"숨소리가 이 형사 별명이기는 하지."

"팀장님, 아니 형님, 여기서……."

"숨소리까지 거짓말."

이영철이 말을 끊으려 했는데, 이미 상욱의 입이 먼저 터져 버렸다.

"끙."

"……훗."

이영철이 된소리를 냈고, 소한솔은 잠시 말이 없다가 상욱이 한 말의 의미를 깨닫고 실소를 토했다.

웃음이 나올 때가 아니라 소한솔의 얼굴이 다시 굳어졌다.

"심란하지. 노아미와 계획했던 일을 이제 속 시원하게 말해 봐."

상욱이 소한솔을 힐끔 보며 말했다.

"윤치호는 인간쓰레기 같은 놈입니다."

소한솔은 욕설로 말꼬를 텄다.

"뭐, 그 인간 인성 평가는 그동안 있었던 일을 들으면서 하지."

이영철이 뒤에서 말했다. 소한솔의 일방적인 말이라 주관적 평가를 듣기 시작하면 선입견이 쌓이기 마련이다. 그걸 경계한 말이다.

"아미랑 썸을 타다가 본격적으로 사귄 것은 지난 봄부터였습니다. 여름이 지날 때쯤 아미가 갑자기 선이 들어왔다며 믿음을 보여 주길 바랐습니다. 결혼은 생각하고 있었지만 그래도 경제적으로 여유가 없는 처지라……."

소한솔은 잠시 말을 끊었다. 그때를 후회하는 눈치다.

"그래서."

이영철이 재촉했다.

"부모님 권유를 못 이기고 선을 봤답니다. 그것이 끝이라고 했는데 윤치호가 계속 아미 부모님과 만나며 노골적으로 들이댔습니다."

"흐음, 그때 노아미의 마음이 잠시 흔들렸던 모양이네."

이영철이 소한솔의 속을 헤집었다.

상욱으로부터 받은 사진 파일 안에는 실종과 관련된 내용이 담겼다. 게다가 상욱이 납치 사건이라 판단했다. 그리고 누가 범인인지는 범인만이 알고 있다.

이영철은 용의선상에서 소한솔을 내리지 않았다.

"분하기는 하지만, 제가 아미의 마음이 흔들리도록 내버려 둔 실수도 있습니다."

"그래서 팩트가 뭐지?"

"결국 아미는 저에게 돌아왔습니다. 그런데 며칠 전에 저에게 윤치호와 헤어질 때 가져왔다는 물건을 보여 줬는데, 그게 USB였습니다."

"USB는 또 뭡니까?"

이영철이 상욱에게 물었다.

"천지 그룹과 VIP가 회동한 내용이 담긴 물건이다."

"네? VIP, 스톱, 스톱. 저 여기서 내립니다."

"진짜? 고속도로에서?"

상욱은 백미러로 이영철을 봤다. 차는 서울 톨게이트를 벗어나고 있었다.

"아 놔, 진짜."

이영철이 의자에 등을 기대 한마디 툭 내뱉더니 말이 없었다. 차 안을 정적이 점령했다.

"아니 중국에서도 똥배짱을 그렇~게 부려서 오지랖을 피시더니 귀국한 날 바로 사람 속을 두엄자리로 만듭니까?"

이영철은 5분을 참지 못했다. 소한솔을 안중에 두지 않고 제 할 말을 해 댔다.

"그래서 하기 싫다고? 택시비 줘?"

"제길, 소 선생. 하던 이야기 계속해 보쇼."

상욱을 향한 짜증이 소한솔에게 돌아갔다.

"……USB 내용을 알고 엄두가 나지 않았습니다."

소한솔은 잠시 미적이다가 말을 계속했다.

"제가 아미에게 윤치호에게 돌려주라고 말은 했지만, 내용을 안 이상 못 돌려주겠답니다."

"잠깐, 소한솔. 윤치호가 너를 찾아와 폭행한 것이 노아미랑 헤어지라는 협박이 아니라 USB 행방을 찾으려는 이유지."

말을 끊은 상욱의 얼굴이 붉어져 말이 거칠어졌다.

"죄송합니다."

소한솔이 고개를 숙였다.

"하긴, 재벌 2세씩이나 되는 자가 연애하다가 찌질하게 미련이 남아 주먹질이라니…… 이상했어."

상욱이 혼잣말로 중얼거렸다. 그리고 차 안은 다시 침묵의 터널을 건넜다.

"저……."

"내가 먼저 말하지. 노아미와 당신, 그 USB가 감당이 되지 않은 거야. 그래서 안찬수 국회의원에게 미끼를 던져 놓고 납치당한 것처럼 꾸미려 했어. 그리고 여기저기 단서를 흘려 놓고 나 같은 사람이 나서길 바란 것이지. 일이 커지면 초점은 USB에 맞춰질 테니까. 노아미의 실종 건은 본질에서 멀어지고…… 그때 노아미는 슬그머니 나타나서 일상으로 복귀하는 걸로……. 그런데 진짜 노아미가 납치를 당해 연락이 두절되어 버렸어. 맞나?"

상욱이 운전하며 추론한 내용을 정리해 말했다.

"어, 어떻게 알았습니까?"

"그야 내 일이고. 연락은 어떻게 했지? 까톡? 아님 대포폰?"

"까톡인데요."

상욱의 말에 소한솔이 답했다.

"까톡?"

이영철이 묻자 상욱이 인상을 긁었다.

"휴대폰을 비행기 모드로 놓고 읽으면 위치 추적할 근거가 안 남아."

"응? 그런 기능도 있습니까?"

"확! 마."

상욱이 짜증을 내자 이영철이 웃으며 뒤통수를 긁었다.

노아미와 소한솔은 나름 준비가 철저했다. 하지만 상욱의 예상에서 벗어나지 못했다.

"그런데 좀 천천히 가면 안 되겠습니까?"

소한솔이 조수석 위의 손잡이를 움켜잡고 말했다.

서울 톨게이트를 나온 이후로 상욱의 차는 엄청난 속도로 달렸다. 소한솔 눈에 보이는 차 중 추월당하지 않은 차가 없었다.

"부산까지 1시간이다. 그동안 거짓 없이 소소한 것 하나라도 말해야 노아미를 찾을 수 있다."

소한솔은 비슷한 말을 상욱으로부터 두 번째로 들었다. 그러나 이번에는 말에 진실을 담지 않을 수 없었다.

이어지는 소한솔의 말은 상욱의 말과 별반 다르지 않았다.

USB에 담긴 담합 내용을 알고는 그대로 넘어갈 수 없었다. 노아미는 친구 이름으로 렌터카를 대절해 부산에 가 있기로 했다. USB는 오전에 택배로 안찬수 국회의원 사무실로 배달 예약이 돼 있었다.

결국 폭탄과 뇌관을 안찬수에게 전달되도록 해 놓았다. 그리고 10일만 부산에서 잠수하면 모든 것이 끝날 것으로 예상했다.

상욱의 얼굴이 굳어졌다. 그는 곧바로 휴대폰을 찾았다.

'폭탄의 뇌관이 풀려 버렸다.'

부산에 가 확인을 해 봐야겠지만, 노아미가 윤치호의 손에 떨어졌다면 USB를 찾기 위해 동원될 수단에 걱정이 앞섰다.

더불어 노아미의 효용성이 제로로 변했으니 윤치호가 옛

여자 친구였던 노아미에게 일말의 정이 남아 있기를 빌 뿐이
었다.

"사형, 저 상욱입니다."

안찬수에게 전화를 한 상욱은 노아미와 소한솔 사이에 일
어났던 일을 이야기했다.

"신변에 주의를 하셔야 할 것 같습니다."

상욱이 짧게 몇 가지를 더 당부를 하고 전화를 끊었다.

"누굽니까?"

"안찬수 의원."

"네? 안 의원님하고는 또 언제 인연이 있었습니까?"

이영철은 상욱을 보았다.

참으로 알다가도 모를 인간이었다. 정치하고 담 쌓은 사람
처럼 굴더니 오늘 보니 강대수보다 더하면 더했지 못하지 않
았다.

"쓸데없는 말이나 하고 있을 거야?"

"네, 네. 강남서 실종 팀하고 통화해서 내려오라고 하겠습
니다."

상욱은 백미러로 이영철을 힐끔 봤다. 참 눈치 하나는 빠
끔이다.

부산에 도착한 상욱은 내비게이션에 찍힌 레스토랑 화이
트 하우스 앞에 차를 세우고 주변을 둘러보고 안으로 들어

갔다.

"어서 오세요, 세 분이세요?"

단정하게 차려입은 여종업원이 상욱 일행을 손님으로 맞이했다.

"점장을 만날 수 있을까요?"

이영철이 신분증을 내밀었다.

20대 초반 여종업원은 신분증을 확인하더니 죄라도 진 양 급히 점장을 부르러 안으로 들어갔다.

"이럼 내가 악당 같잖아."

이영철이 투덜거리며 상욱을 봤다.

"꼬우면 니가 팀장 하시든지."

"됐습니다."

둘이 농지거리를 하는 동안 여종업원이 30대 후반의 여자를 데리고 왔다.

"어디 경찰서에서 오셨나요?"

"경찰청 특수대 3팀 이영철 경윕니다."

이영철은 신분증과 개인 정보 열람 협조 공문을 내밀었다.

"경찰청요?"

점장은 이영철과 공문을 번갈아 보더니 군말 없이 앞장섰다.

안내된 곳은 보안실 겸 사무실이었다. 여느 식당의 창고 같은 보안실과 달리 CCTV는 사무실 벽면 큰 박스 안에 대형 모니터까지 구비되어 있었다.

"와우."

이영철이 감탄했다. 그는 모니터로 시선을 돌렸다. 안팎으로 설치된 카메라만 열두 대였다.

점장은 이런 일이 종종 있었는지, 공문을 보고 능숙하게 지정된 시간대를 검색해 영상을 찾아 자리를 비켜 줬다.

노아미와 금발의 외국인 남녀가 들어와 합석을 하고 1시간가량을 식사하고 나가는 영상이 찍혀 있었다.

"아는 사람들?"

"……."

소한솔은 굳은 얼굴로 좌우로 흔들었다.

"마우스 줘 봐."

상욱이 이영철을 밀어냈다. 2배속으로 돌던 속도를 재생으로 맞췄다. 침묵 속에 모니터를 바라보는 상욱 그 속에 빠져 들어갈 기세였다.

"음―."

작은 신음과 함께 상욱의 미간이 점점 굳어졌다.

"특이한 점이라도 발견했습니까?"

소한솔이 상욱의 안색을 살피고는 물었다.

"노아미가 들어와서 나가는 동안 몇 마디를 했는지 알아?"

"네?"

"입을 열지 않았어. 금발 외국인 여자가 이것저것 말하면 시키는 대로 따라 하고 있지."

영상은 말없이 스테이크를 먹는 노아미를 보여 줬다.

가끔 외국인 남녀가 대화를 나누지만 노아미는 칼질을 할 뿐이었다.

"이상하군요."

"확실히."

이영철과 상욱이 말을 주고받았다.

"말도 못하게 억압을 받고 있는 것 아닙니까?"

소한솔이 불쑥 끼어들었다.

"납치를 당한 여자가 저렇게 씩씩하게 접시를 비운다고?"

"하기는 그러네요."

소한솔은 이영철의 답에 긍정하지 않을 수 없었다. 화면에 노아미는 평소 같지 않게 잘 먹었다.

"이게 더 이상해."

상욱은 머리를 긁적였다.

"납치도 아니고 아는 사람들도 아니고. 참 꼭두각시 같네."

이영철이 중얼거렸다.

원래 상욱은 이 꼭두각시 같은 노아미가 가슴에 딱 얹혀 인상이 무거웠다.

마계의 인형술이 이랬다.

대상자가 의지와 상관없이 시전자의 말에 따라 시키는 대로 다 한다.

금발의 두 외국인 남녀는 종규가 채창영을 꼭두각시 다루던 것처럼 노아미를 다루었다.

이들은 레포칼레와 관계된 비틀린 자들이었다. 레스토랑에 들어서며 미약하게 풍겼던 카르마의 악취로 설마 했던 그 마음이 증명됐다.

'한 번 엮이니 계속이네.'

상욱의 입장에서 아버지를 생각하면 카르마 흡수를 오히려 바라야 할 상황이었지만 중국에서의 여독까지 왈칵 밀려오니 짜증이 났다.

게다가 중국에서와 달리 주변까지 챙겨야 할 상황이 아닌가.

"잠깐 기다려 봐. 디카하고 복사할 공CD를 차에서 가져오려니까."

상욱은 이영철에게 말하고는 레스토랑 화이트 하우스를 나와 휴대폰을 꺼내 들었다.

-무진이구나.

원종이 전화를 받았다.

기억이 돌아와 상욱은 어릴 적 이름을 찾았지만 여전히 적응이 되지 않았다.

"예, 접니다."

-그렇지 않아도 찬수의 말을 듣고 전화하려던 참이다.

"사형에게 말씀 들으셨어요?"

—그 유…… 뭐시기에 대통령하고 재벌과 밀착된 내용이 저장되어 있다고?

"정확히 말하면 천지 그룹 회장을 대통령이 사적으로 내왕했다는 내용입니다. 굳이 따지면 대통령 통치 행위와도 교차해 정치 문제로 비화할 것 같습니다."

—복잡하게 따지지 말고, 찬수가 그것을 찾으러 간다는데 위험하지는 않겠는가?

"당연히 위험합니다. 못 가게 막으셔야 됩니다. 그리고 천지 그룹에서는 어떻게 해서든 그 USB를 회수하려 할 겁니다. 그래서 덕치 사질에게 전화를 해 놓으려고요."

—아니야. 내가 덕치를 이쪽으로 부르마.

"그러시겠어요?"

—얘야, 그 물건보다 사람이 우선이다. 알겠지?

"그럼요."

—네가 고생을 해야겠다.

"아닙니다. 그럼 변동 사항이 있으면 전화드리겠습니다."

상욱은 전화를 끊고 곧장 이철로에게 전화를 했다.

"이 선생님, 저 상욱입니다."

—선생이라고 부르고 이거 불안한데.

이철로가 짐짓 엄살이다.

상욱이 실소를 토했다.

'하기는……'

아쉬울 때만 선생이지 대련이나 비무를 하자 치면 이씨 내지 이씨 아저씨라 불렀으니 말이다.

"부탁드릴 일이 있습니다."

-그럼 그렇지.

자조 섞인 말이 상욱의 귀에 파고들었다.

"이씨세가의 힘을 빌리고 싶습니다."

-…….

뜻밖의 말에 이철로가 입을 닫았다.

인간 박상욱 일개인이 가진 역량만 해도 대단하다. 그가 알기로 상욱은 군부의 충정회와 친분이 돈독하고, 상욱의 아버지가 적籍을 두고 있는 어암서원과 총지종의 종주 원종은 상욱이라면 껌뻑 죽는다.

그런 상욱이 남의 손을 빌린다?

선뜻 답을 못 주었다.

-듣고 이야기하세.

"대통령과 관련된 일입니다."

-우리 전화 통화 끊음세.

띠이.

이철로는 말하기 무섭게 진짜 통화를 끝내 버렸다.

"허어, 참 나."

상욱은 어이없어 휴대폰을 보고는 주머니에 집어넣었다.

이렇게 거절당할 줄 몰랐다.

'서울로 올라가 발로 직접 뛸 수밖에.'

차 문을 열고 디카와 공CD를 챙겼다.

20분 후.

상욱은 레스토랑 앞에서 이영철과 대화를 나누었다.

"늦었지만 일단 부산 지방청부터 들르라고. 강남서 직원들이 내려오고 있으니까 공조 적당히 하고. 더불어 입조심도."

상욱이 이영철에게 당부하며 소한솔을 봤다.

"여기 남아서 할 일도 없는데 올라가지."

"아니요. 아미를 찾을 때까지 여기 이 형사님 따라 다니겠습니다."

소한솔은 의외로 대찬 맛이 있다.

"영철, 이 친구 진짜 겁 없는 것 알지."

"제가 보기에는 하룻강아지가 범 무서운지 모르는 겁니다. 디딘 발이 수렁인데 진흙탕으로 알고 있거든요."

"뭐 그럴 수도. 어쨌든 난 올라가서 윤치호부터 거꾸로 캘 테니까. 간다."

상욱이 돌아서서 차로 갔다.

이영철은 떠나는 상욱을 뒤로하고 손목시계를 봤다. 시간은 저녁 9시를 지나고 있었다.

"제길, 배고프네."

그가 투덜거리는데 소한솔이 궁금한 것이 있는 듯했다.

"저, 이 형사님"

"왜?"

"공조를 적당히 하라니, 그게 무슨 뜻입니까?"

"하아ㅡ."

이영철이 한숨부터 쉬었다. 그러곤 입을 열었다.

"이보세요, 소 선생님. 경찰이 어디 소속입니까?"

"소 선생이란 말은 좀."

"닥치고."

"행전안전부요."

"잘 아네. 그 수장이 누구지? 대통령이지. 지금 이 수사 사항이 그 양반 귀로 들어갔을 수 있을까, 없을까?"

"저나 이 형사님 행적이 새어 나갈 수 있다는 말이군요."

"아주 숙맥은 아니네. 그래서 팀장님이 서울로 올라가 윤치호를 건드려 볼 거야. 그자가 움직이면 거꾸로 뒤를 파 보겠다는 뜻이지. 우리는 우리대로 노아미를 찾아 헤매며 보여주기를 하는 거지. 그러다 진짜 노아미를 찾으면 좋고."

"제가 박 팀장님을 쫓아갔어야 하네요."

"그럴 여유가 있다니, 무던한 것인지 멍청한 것인지."

이영철이 중얼거렸다.

"말씀이 심하시네."

소한솔이 발끈했다.

"노아미 상황은 모르지만 내가 윤치호라면 자넬 필히 찾겠는데."

"그자가 왜 저를?"

소한솔은 가슴이 덜컹 내려앉았다. 며칠 전 맞은 매로 진짜 죽는 줄 알았다. 그러니 겁을 집어먹지 않을 수 없었다.

"노아미를 데리고 있는 그 외국 연놈들이 천지 그룹 쪽 사람이라면 지금쯤 윤치호는 아마 너를 머리부터 거꾸로 심고 싶을걸. 왜냐고? 노아미가 저렇게 고분고분할 정도면 나발을 불었을까, 안 불었을까?"

"글쎄요."

"글쎄는, 당연히 불었지. 그러면 USB를 가진 사람이 누군지, 어떻게 처분할 것인지 이제는 알고 있다는 말이야. 애나 어른이나 약점 잡히고 싶은 놈이 누가 있겠냐? 더구나 세상을 다 가진 놈인데."

소한솔은 이영철의 말에 등골이 섰다.

안타까운 눈으로 그를 바라보던 박 팀장이나 건들거리며 그를 챙기는 이 형사가 굳은 표정인 이유를 이제야 알았다.

"저, 아니 저는 둘째 치고 아미는 어떻게 됐을까요?"

"운명이야 하늘에 맡길 수밖에. 그리고 일단 내장부터 채우자고."

이영철이 쓰게 웃으며 말했다. 그리고 앞장서며 휴대폰을 들었다.

두 개의
심장을
가진 자

"강남서 문 형사님이죠. 저 몇 시간 전에 통화했던 특수대 이영철입니다. 어디쯤 내려오십니까?"

"……."

"아, 그래요? 1시간이면 뵙겠네요."

"……."

"네, 네, 알겠습니다."

"강남서요?"

이영철이 전화를 끊자 소한솔이 물었다.

"나와 팀장님만 일할 수는 없잖아. 그쪽이 천지 그룹과 연결되어 있어도 별수 없어. 그리고 강남서 형사들도 실종과 관련된 예민한 일에 칼을 댈 만큼 간이 배 밖으로 나오지 않았어. 뭐 우리 팀장이야 그러고도 남을 인간이지만."

"네?"

"아니야. 가자고."

이영철이 소한솔의 등을 툭 쳤다.

소한솔은 상욱이 떠나고 1시간 후에 이영철을 따라 강남 경찰서 실종 팀 형사들을 만났다.

늦은 저녁을 먹고 한참이 지났는데도 부산 서면은 부산스러웠다. 다행히 커피숍은 아니었지만.

"민성흔 팀장이오. 여기는 문관표 형사."

이영철과 인사를 나누는 40대 후반의 형사와 30대 초반의 형사 둘은 구면인 소한솔이었다.

그러나 그의 눈에 둘에 대한 불신이 있었다.

전날 학교에 찾아와 실종 건에 대해 물어보는데 건성이었다. 당시는 그의 목적이 노아미가 잠시 잠적했다가 USB 폭탄이 터지면 돌아오는 것이어서 다행이었지만, 과연 이들과 같이 일해서 노아미를 찾을까 하는 불신이 심어진 상태였다.

두 형사들도 소한솔을 바라보는 눈이 곱지만은 않았다. 이영철에게 경위를 자세히 듣지 못했지만 노아미가 부산에 내려온 것을 소한솔이 알았다는 사실이었다.

그리고 서로 불신의 벽이 높아도 소한솔과 강남서 형사들이 할 수 있는 것은 없었다.

이영철은 자리에 앉기 무섭게 명함과 함께 부산 화이트 하우스 레스토랑에서 찍혔던 사진들을 내밀었다.

"어제 저녁 부산 서면에 있는 화이트 하우스란 레스토랑에서 찍힌 사진입니다."

"이것은 그냥 외유 아닙니까? 외국인 남녀와 같이 식사하는 것을 보면."

"아니요, 납치가 틀림없습니다."

이영철이 민성흔에게 단언을 했다.

"그럴 만한 근거가 있습니까?"

"첫째, 노아미는 외국인 친구가 없습니다. 둘째, 나중에 확인해 보면 아시겠지만 식사하는 동안 노아미는 말 한마디

두개의
심장을
가진자

없습니다. 셋째로 이 친구와는 까톡으로 계속 연락을 했는데 이틀 전부터 연락이 끊겼답니다. 그리고 결정적으로 그녀는 쫓기고 있는 중이죠."

"네?"

"대충 눈치 채고 계신 것 아니었습니까?"

"무, 무슨?"

문관표가 일순 당황해 말을 더듬었다.

"윗선에서 수사 사항을 계속 보고하라고 압박을 받고 있지 않습니까?"

"모르는 일이오."

민성흔이 급히 나서서 딱 잡아뗐다.

"우리 팀장님이 자주 하는 말이 있습니다. 국가에 충성하는 놈 아니라고. 저 역시 그런 인간 아니고요. 하지만 인간적인 기본은 있습니다. 피해자가……."

"됐습니다, 더 이상의 이야기는. 다만 납치 이상의 일은 관여하고 싶지 않습니다."

이영철이 전후 사정을 말하려고 하자 문관표가 딱딱한 얼굴로 나서 말을 딱 끊어 버렸다.

"문 형사."

옆에 있던 민성흔이 짧지만 굵은 목소리로 질타를 했다. 문관표가 이영철의 말을 시인한 탓도 있지만, 들어야만 할 말이 나오는 시점이기도 했다.

"잠시 실례하겠소."

화가 난 그는 턱짓으로 문관표에게 먼 테이블을 가리켰다.

이영철은 자리에서 일어나는 민성흔과 문관표의 뒤를 바라봤다. 둘은 숍의 안쪽 빈자리에 앉았다.

이영철은 내공을 끌어올렸다. 시끄러운 소리들이 일시에 몰려왔지만 하나씩 쳐 나가서 결국 둘의 대화를 엿들을 수 있었다.

"야, 관표. 서장님이 이 사건에 얼마나 관심을 가지고 있는지 몰라?"

"팀장님, 아니 형. 우리 말입니다. 특수대 이 주임 말을 들어서는 안 됩니다. 납치 사건으로 단정하는 것도 그렇고, 안에 꼬인 일이 만만치가 않아 보입니다. 우리는 기본만 하면 되는 겁니다."

문관표는 직속 상사에게 속을 풀어냈다.

"업무에만 충실하자? 그리고 본 대로만 보고하고 만수무강하자 이거지?"

"네, 이번 건 정말 구립니다."

"나도 냄새가 나기는 한데."

"더구나 납치가 맞으면 저희는 손 떼면 되잖아요."

"하기는 강력 팀 일이 되니까. 그래도 찜찜한 것은 못 털겠는데."

"또 또 오지랖 나온다."

"새퀴가."

"형, 쉽게 가자."

"알았어, 임마."

불만을 품고 팀원인 문관표를 설득하려던 민성흔은 오히려 문관표의 말에 꼬리를 내렸다. 둘은 뜻을 맞추고 이영철에게 돌아왔다.

"우리 상황을 오픈하겠소."

자리에 앉기 무섭게 민성흔이 입을 열었다.

"그러면 이 친구가 마음속 아주~ 깊게 담아 놓은 이야기를 꺼낼 것 같기도 합니다."

이영철은 제3자가 되어 말했다.

"확실히 위쪽에서 관심을 갖고 직접 전화를 받았습니다. 내용은 실종된 노아미 씨의 가족 중에 사회적 지위가 있는 자가 있다고 신경 쓰라는 정도였습니다."

"외부와 연결된 것은 아니고요?"

민성흔의 말에 소한솔이 속마음을 드러냈다.

"허, 이 친구에게 내가 어지간히도 미운털이 박혔구먼. 경찰 생활 20년 만에 꼬봉 취급은 처음이네."

말은 웃음기를 머금었지만 지금 민성흔의 눈에서는 불이 튀어나왔다.

"저도 농담이 아닙니다."

"좋소, 일단 어떤 말을 할지 잘 듣겠소. 하지만 당신 말에 따라 위계에 의한 공무집행방해죄가 될지, 경범죄상의 허위 신고가 될지, 그도 아니면 무죄가 될지 잘 가늠해야 할 거요."

"……."

소한솔이 입을 열려다가 이영철을 봤다.

이영철은 고개를 끄덕였다. 어김없는 사실이었다. 노아미와 소한솔의 허위 신고로 인해 공권력이 남용이 됐다. 단지 USB에 담긴 공익의 가치가 더 컸고, 현시점에서 노아미가 납치 의심을 받고 있어 상욱과 이영철은 그냥 넘어갔다.

하지만 이 사건이 종결될 때 강남서 실종 팀에서 소한솔과 노아미를 형사 입건할 가능성이 농후했다.

"크흠, 노아미 씨랑 여행을 갔는데 당시 이용한 렌터카 회사가 있습니다. 제가 그쪽 사람과 방금 통화했는데 노아미 씨 친구 이름으로 차를 렌트했다는군요."

소한솔은 이영철이 저녁밥을 먹으면서 코치한 말을 그대로 읊었다.

"차량 번호를 알아냈다는 거군."

"흰색 K5 49소○○○○○입니다."

"확실하오?"

"여기요."

소한솔은 렌터카 회사에서 찍었던 사진을 휴대폰 갤러리에서 찾아 보여 줬다.

두 개의
심장을
가진 자

"요즘 특수대는 서커스를 겸직으로 하는가 봅니다. 곰에게 공을 굴리게 하고, 나중에는 관객을 광대로 만들고, 참 좋겠시다."

민성흔의 화살이 이영철을 향했다.

"전혀요."

이영철이 어깨를 으쓱 올리며 고개를 흔들었다.

"그럴 일 없겠지만 계 타면 이 주임은, 아니 특수대는 입 닦는 거요."

"팀장님이나 저나 사건 해결이 목적입니다. 범인을 검거하면 공적은 강남서로 돌아갈 겁니다."

"좋습니다."

민성흔이 눈을 번뜩이며 전화기를 들었다.

"저는 강남서 실종 팀 민성흔 경윕니다."

상대가 전화를 받자마자 신분부터 밝히는 민성흔이다.

-112에는 무슨 일로?

"차량 수배를 부탁할까 하고요."

-공문 필요한 것 아시죠?

"공문은 10분 내로 갈 겁니다. 우선 접수부터 부탁드릴게요."

-내용부터 말씀하시죠.

"그러니까 납치 의심 차량인데요. 부산 쪽에서 배회하고 있는 것으로 알고 있습니다."

-차량 번호는요?

"흰색 렌터카로 49소ㅇㅇㅇㅇ K5 차량입니다."

-부산. 경남청에 알림 등록해 놓겠습니다.

"부탁드리겠습니다."

-수배 공문 오면 바로 올리겠습니다. 수고하세요.

탁.

전화가 끊어지자 민성흔은 문관표를 봤다. 문관표는 강남
서 경찰과 통화 중이었다. 수배 차량 종류와 번호 그리고 색
상을 불러 주고 있었다.

"공문 띄운대?"

문관표가 민성흔의 말에 웃음 지었다.

소문이 많은 친구더군요

서울로 올라가는 도중 상욱은 그를 배척한 이철로의 전화를 받았다.

"이씨 아저씨, 이렇게 전화를 다 주고."

상욱은 곧장 본색을 드러냈다.

─그 일 가주께 말씀드렸네. 대통령에 관한 일이라 했지? 많이 주저하셨지만 승낙하셨네.

"이 선생님, 고맙습니다."

상욱은 곧바로 태도를 바꿨다.

─이거 너무 속 보이는 것 아닌가?

"원래 인간관계가 기브 앤드 테이크 아닙니까?"

─우리 관계가 고작 그 정도였나?

전화기 너머로 이철로의 목소리에 서운함이 가득 묻어났다.

"그냥 넘어가려고 했더니 그걸 또 따지시네, 이씨 아저씨. 중국에서 크게 덕 본 사람이 누굽니까? 설마 화경에 한발 걸친 것이 나. 혼. 자. 노력이겠거니 그러지는 않죠? 이 일도 앞뒤를 재니 군침이 돌아 전화한 거 아니까 이 정도에서 매듭짓죠?"

─……

잠시 대화가 끊어졌다.

이철로는 당황했다. 중국에 가기 전에 화경의 벽을 뚫지 못했다. 벽 너머로 고개를 내밀고 그 앞만 잠시나마 엿본 것이 전부였다.

천산에서 상욱으로부터 조언을 구했고 공명후라는 괴인과 전투를 하며 화경에 온전히 발을 들여놨으니, 의당 그가 상욱에게 언질을 줬어야 도리에 맞았다. 그걸 어물쩍 넘어갔다. 그리고 들켰다.

변명이라면 우선 가엄인 북검 이세창에게 이 소식을 먼저 전하고 싶었다.

그래서 중국에서 귀국하자 원종에게 끌려가 화경의 경지를 재차 확인하고 곧장 아버지에게 달려갔다. 그 검을 아버지에게 보여 드리고 큰 기쁨을 드렸다. 그때 상욱의 전화를 받았던 것이다.

'대통령을 간 보자니?'

하여튼 간이 배 밖으로 나온 놈이 틀림없었다. 당시 그의 생각이었다.

어쨌든 살아 있는 권력을 조물조물하자니, 여간한 간담이 아닌 줄은 알았지만 넘지 말아야 할 선이 있었다.

그래서 전화를 곧장 끊어 버렸다. 상욱과의 인연이 여기까진가 싶었다.

그렇게 신경을 끄려는데 대통령이란 말이 가슴에 턱 걸렸다.

대통령. 대통령…….

'봉황을 활로 쏴 잡는다?'

옛 고구려의 예가 아홉 태양을 쏴 떨어트렸다는 전설은 그냥 전설에 불과하다. 태양이란 괴물에 가까이 가 봤자 이카루스처럼 날개를 잃을 뿐이다.

그런데도 대통령이라는 말이 가슴에 얹혔다.

그 길로 가엄을 찾았다.

북검 이세창은 그의 말을 듣고 싸늘한 눈으로 바라봤다. 그 후 짐승과 돼지 같다는 말을 들었다.

물론 은혜란 말보다 미련하다는 말이 주였다. 벌떡벌떡 뛰는 야생마를 길들일 기회를 걷어찼다며 혀를 찼다.

늦었을 때가 가장 **빠른** 때라고 휴대폰을 잡고 상욱을 찾았다. 그걸 상욱이 한눈에 꿰고 이야기를 한다.

―크흠, 가엄에게 화경에 이르렀다고 제일 먼저 말씀 올리고 싶었네.
곧장 전화를 끊은 것도 가엄께 여쭙고 답하려 했기 때문일세.

　"이씨 아저씨가 그렇다면 뭐…… 그렇겠죠."

　―그렇다니까. 시킬 일은 뭔가?

　이철로는 일단 말을 돌렸다.

　"천지 그룹 아시죠?"

　상욱은 별말 없이 일을 시켰다. 꺼림한 마음이 없지 않았
지만 당장 빌려 써야 할 손이었다. 그의 말마따나 기브 앤드
테이크였다.

　―모르면 한국 사람이 아니지.

　"그들이 쟁천과 연결되어 있습니까?"

　―이르다 뿐인가? 기업 역사가 30년에 불과해 졸부라 할 수 있지만
의외로 여기저기에서 손을 내밀고 있네. 돈에 파리가 꼬였다고나 할까?
아무튼 천지 그룹이 원하지 않아도 육사 출신이 주축이 된 군부 오륜단
과 10가 중 중추인 수원 진가眞家가 천지 그룹을 전폭적으로 밀고 있네.

　"흐음."

　상욱은 의외성에 연결 고리가 끊어지자 머리가 복잡해졌
다. 뒤를 밀어주는 쟁천의 두 집단을 두고 굳이 외국인을 고
용해서 노아미를 납치할 이유가 없어 보였다.

　그도 아니면 대통령과 천지 그룹 간의 거래를 쟁천의 두
집단이 모르게 하거나 꼬투리를 잡힐 빌미를 주지 않으려고
천지 그룹이 비밀로 진행했을 가능성도 점쳐지기는 했다.

상황이 어떻든 외국인 두 남녀를 찾는 것이 급선무였다.

상욱은 한동안 생각했던 말을 했다.

"중국에서 종규를 봤을 때의 감각은 기억하시죠?"

-잊을 수 없지. 그런데 갑자기 그자는 왜?

"그런 자들 둘이 입국했습니다. 금발의 백인 남녀로 외양만 다를 뿐 종규와 같은 부류 같습니다. 그들이 천지 그룹의 뒤를 봐주는 모양입니다."

-서양 엘리시온 쪽 애들인가?

이철로가 혼잣말을 빗대어 물었다.

"정체는 모르지만 그 둘이 VIP와 천지 그룹 간의 거래를 증명할 여자를 납치했습니다."

-본론은 대통령과 천지 그룹 간의 보이지 않는 거래라 이 말이군.

"제 입장에서는 납치된 여자가 우선입니다만."

-어쨌든 숙제는 외국인 두 남녀를 찾아 달라? 그런데 너무 막연하군. 서울에서 김 서방 찾기와 다를 바가 뭐 있나.

"두 외국인 남녀의 사진을 보내 드리겠습니다."

-그게 단가?

"천지 그룹 회장의 다섯째 아들로 윤치호라고 있습니다. 그자의 뒤를 캐 보시면 근래 들어 그 외국인 남녀 둘과 접촉했을 것입니다. 추가로 윤치호에 대한 약점을 파악하고 있으면 더 좋고요."

-윤치호의 약점이라…… 설령 그자의 개인 정보를 빼도 빤한 내용

아니겠는가? 불륜이나 횡령 정도지.

"작은 것이라도 좋습니다."

ㅡ알겠네. 외국인 젊은 남녀에 대해 바로 알아보겠네.

이철로와 상욱은 그 뒤로도 몇 가지를 의문을 묻고 답했다. 그사이 차는 서울에 가까워졌다.

얼마 지나지 않아 서울에 도착한 상욱은 윤치호에게 전화를 했다.

ㅡ여보세요.

낮고 굵은 톤의 목소리는 듣는 사람에게 묘한 압박감을 줬다.

"윤치호 씨 맞습니까?"

ㅡ그러는 댁은 누구쇼?

"경찰청 특수수사대 3팀장 박상욱입니다."

ㅡ내가 당신한테 전화를 받을 이유가 있습니까?

'이 새끼가.'

상욱은 상당히 불쾌해져 휴대폰을 귀에서 뗐다가 말했다.

"노아미 씨 때문에 전화드렸습니다."

ㅡ강남서 여성청소년 실종 팀 형사에게 할 말은 다했소. 더 할 말도 없고. 이만 끊겠소.

띠ㅡ.

상욱은 핸드폰을 보고 피식 웃었다.

"어린놈의 새끼가 지 맘대로 전화를 끊어."

띡띡띡.

−USB.

상욱이 윤치호에게 문자를 넣었다.

윤치호는 노아미의 실종을 쫓는 형사가 나타나자 갑자기 기분이 나빴다. 그런데 곧장.

띵.

문자 알림 음이 울리자 휴대폰을 봤다.

"이 개새끼가."

전혀 예상치 못한 작자가 아픈 곳을 찌르고 들어왔다. 곧바로 통화 버튼을 누르려다가 의자에 등을 기댔다. 그대로 한참 생각에 빠졌다.

"그나마 회장님에게 보고드리기 전에 마무리가 돼 가는데…… 이 갑툭은 뭐야?"

짜증이 만발했다.

그렇다고 곧장 전화하기에는 앞뒤 가늠이 안 됐다.

삐−이.

인터폰을 눌렀다.

−네, 실장님.

"들어오세요."

중년 사내의 목소리가 들리자 윤치호는 호출을 했다.

똑. 똑.

곧장 노크와 함께 문이 열렸다. 40대 중년인이 들어왔다.

"시키실 일이 있으십니까?"

"경찰청 특수대 3팀장이라는데 박상욱이라고 어떤 인간인지 좀 알아봐요."

"네?"

"이봐요, 오 부장님. 시키는 일을 내가 일일이 설명해 줘야 합니까?"

"아, 아닙니다, 실장님."

오민관은 고개를 숙이고 돌아섰다. 목구멍이 포도청이다. 그는 발끈 치민 화를 누그러트리고 문을 열었다.

30분 후.

오민관은 다시 비서실장 방문을 노크했다.

"들어오세요."

윤치호의 톤 낮은 목소리가 들렸다.

"특수대 3팀장 박상욱이란 자에 대해 알아왔습니다."

오민관은 결재판을 윤치호 앞에 내려놨다.

"봅시다."

그는 결재판에 있는 서류를 쭉 훑어봤다.

입직 경로와 승진에 관한 인사 과정이 여과 없이 노출되어

두 개의
심장을
가진 자

있었다.

"이게 전부입니까?"

"소문이 많은 친구더군요."

"소문이라?"

"조직 폭력 몇 개가 그자 손에 아작 났습니다. 신일상사 신 상무가 그의 손에 녹아났고 전 국회의장 서일국 게이트 건 배후에 그자가 있었다는 카더라 소문이 있습니다. 이 중 조폭과 신일상사 신상무 건은 확인했더니 사실이었습니다."

"으음."

윤치호가 신음을 토했다.

"뒷배도 만만치 않아 청와대 민정수석실 쪽 인사와도 절친 하다고……."

오민관이 뒷말을 끊었다.

"청와대요?"

윤치호의 얼굴에 미소가 번졌다. 잘하면 같은 라인 사람일 수 있었다. 그는 손을 저어 오민관을 내보냈다.

그리고 곧장 전화기를 들었다.

USB는 믿을 만한 자가 회수하기로 했다. 박상욱의 입만 닫게 만들면 골칫거리가 사라지는 셈이었다.

"저 천지의 윤입니다."

ㅡ…….

"네, 네. 저야 별일 없죠. 수석님도?"

—…….

"하하하, 자리야 언제라도 만들 수 있죠."

—…….

"사람 하나 알아보려고요."

—…….

"박상욱이라고 경찰청 특수대에 근무한다는데, 민정수석실과 연이 있다고."

—…….

"한두전 특임 수사지도관요? 그런 직책도 있었습니까?"

—…….

한참 말을 듣던 윤치호 얼굴이 굳어졌다.

"전화 끊자고요? 여, 여보세요. 이런 썅."

털썩.

윤치호는 휴대폰을 보고 욕을 하려다 의자에 등을 기댔다.

"쟁천이라고…….."

갑자기 머리가 지끈거렸다.

어릴 때는 쟁천을 몰랐다. 머리가 굵어지고 사회가 이런 것이구나 알아 갈 때쯤 쟁천이란 말을 들었다.

불과 몇 년 전이었다.

요즘 세대에 권력이 돈과 정치에서 나오지 무슨 소리냐 했었다. 하지만 큰 일 앞에 쟁천은 바윗돌처럼 걸렸다.

그리고 그 힘을 피부로 느꼈다.

쟁천을 대표하는 10문 10가는 기득권 세력과 끈이 닿아 있었다.

그러나 그의 아버지 천지 그룹의 회장 윤재철은 그럼에도 불구하고 쟁천과 거래를 하지 않았다. 재계에서 입지전적인 부를 쌓은 윤 회장은 모든 재력을 한 사람에게 쏟았다.

그가 바로 지금의 대통령인 한민국이었다.

한민국이 정권을 창출하자 권력의 부스러기가 천지 그룹으로 쏠렸다. 세인이 특혜라고 칭했지만 윤 회장은 사업 요건을 갖추고 달려들었다.

이 정권 3년 만에 재계 5위 권에서 1위로 도약한 천지를 두고 비록 말이 많았지만 옆에서 지켜본 그는 감히 실력이라 장담했다.

그 1위를 위해 그는 이번에 초월적인 존재를 만났다.

다음 정권에도 국회의원을 지낼 인물 중 그와 비위가 맞는 감운천이 소개한 자는 쟁천 위에 설 능력을 갖추었다.

새삼 지금 그의 입맛에 맞는 그자가 필요했다.

'부산에서 올라오고 있으니까 불러야겠군. 뭐 대가가 만만치 않겠지만.'

윤치호가 본 그자, 조셉 판은 잔인했다.

노아미를 찾아서 USB를 회수하는데 그자는 노아미를 원했다.

막말로 먹다 버린 사과였지만 일말의 진심이 남았던 윤치호라 꽤나 갈등을 했었다.

그래서 윤치호는 이를 꽉 깨물었다.

어떤 대가를 치르든 USB를 알고 있는 박상욱을 그대로 내버려 둘 수 없었다.

그는 그의 아버지 윤재철과는 많이 달랐다.

"야이, 개부랄에 털 다 뽑아 처먹을 년아―."

시속 150킬로미터로 달리는 차는 경부고속도로 상행선을 타고 있었다. 그 안에서 40대 초반의 사내가 운전대를 잡고 10분째 욕을 했다.

중년인 배한승은 정말 어이가 없는 이틀이었다.

천지 그룹 비서실 소속으로 기업을 위해 궂은일을 마다 않고 뛴 지 10년이다. 기무사 중사로 있던 그가 천지 그룹에 특채된 것은 운이 아니었다. 정보란 특기와 조직 문화 생리에 남달랐기 때문이었다.

그래서 그의 주 업무는 좋게 표현하면 천지 그룹을 위해 음지에서 뛰고, 나쁘게 말하면 비리를 덮는 일이었다.

그런 그에게 이틀 전 비서실장인 윤치호에게 전화가 왔다.

부산에 내려가 외국인을 만나 그가 하는 일이라면 어떤 부탁이라도 들어주라는 지시였다.

    그래서 조셉 판과 릴리트란 이름의 금발 외국인 남녀를 만났다. 그것도 오만을 넘어 상식 이하의 행동을 보이는 인간들을.

    두 남녀는 외국에서는 가족끼리만 쓰는 여동생, 오빠 호칭을 부르며 남우세스럽게 거리에서 키스를 했다.

    그리고 다음 날 조셉 판은 한국 여자를 끼고 와 더듬이과 곤충처럼 여자의 은밀한 곳을 대놓고 만졌다. 더욱 화가 나는 일은 어제 데리고 온 노아미라 불리는 여자가 아무렇지 않게 고분고분했다는 것이다.

    그는 한국 남자라면 의당 느끼는 그런 분노가 치밀었다. 아무리 성이 개방됐다지만 너무한 심한 작태였다.

    무엇보다 지금 그보다 더 화가 나는 것은 노아미란 여자의 태도였다. 그녀는 부산에 더 머물겠고, 그녀가 렌트한 차를 그가 끌고 서울로 가 반납하란다.

    "내 차는 기약 없이 언제 가지러 가냐고, 미친년은 외국 놈 끼고 놀고."

    원색적인 욕설을 끊으면 지랄 같은 기분에 사고라도 날 것 같았다. 게다가 이 외국 놈이 생전 처음 듣는 소한솔이란 이름을 대며 안찬수 의원에게 보내는 택배를 가로채란다.

    대한민국에 택배 회사만 열일곱 개다. 열여덟 곳이 아니라 다행이다. 그나마 자위할 만한 일이 개인 운송 택배 회사가 열두 곳이란 것이다. 나머지 다섯 곳은 기업 택배였다.

어쨌든 일은 일이니 연줄이란 연은 다 들이댔다.

확인해 준다는 연락이 열두 곳에서 다 들어왔지만 택배 송장 전산을 열람하는 과정이 개인 정보를 따는 일이라 만만치 않은지 띄엄띄엄 연락이 왔다.

욕설과 생각은 여기까지였다.

배한승은 오른발을 옮겨 지그시 브레이크 페달을 가볍게 밟았다. 전화가 왔다. 이제 남은 다섯 곳 중 한 곳일 것이다.

'응— 윤 실장이 왜?'

그는 윤치호의 전화에 의문이 달렸다. 그가 일을 맡으면 결과만 보고받는 윤치호였다.

"네, 실장님."

—조셉 판 씨와 같이 있습니까?

"따로 움직이고 서울에서 만나기로 했습니다."

—그가 다른 시킨 일은 없었고요?

"부산에서 여자 한 명을 데리고 서울에 온답니다. 그사이에 저보고 소한솔이란 자가 안찬수 의원에게 보낸 택배를 따라고 해서 알아보고 있습니다."

—소한솔이 안 의원에게 택배를 보냈다고요?

굵직한 윤치호의 목소리가 뾰족해졌다.

"네. 그게 중요한 일인가요?"

—…….

윤치호가 잠시 말을 끊었다.

–크흠, 그 택배 어디까지 확인했소?

윤치호의 목소리가 다시 굵어지고 어투가 바뀌었다.

'제길.'

배한승은 속내가 싸했다. 윤치호가 가끔 이런 목소리 톤이 되면 화가 났거나 큰일이 터졌다.

"조셉 판 씨가 요구하자마자 택배 회사 열두 곳 중 일곱 곳을 확인했습니다. 나머지도 곧 연락이 올 겁니다."

–아, 그래요. 독촉해서 빠른 시간 내에 결과를 저에게 주세요.

"알겠습니다."

전화가 끊어지자 배한승은 차에 속력을 내서 칠곡휴게소에 들어갔다.

1시간 후.

업무용 휴대폰과 그의 폰을 번갈아 가며 택배 회사를 전부 확인했지만 소한솔이 보낸 택배 송장을 찾지 못했다.

그는 곧장 윤치호에게 전화를 했다.

"배한승입니다."

–배송한 택배 회사는 찾았소?

"소한솔이란 자가 그의 이름으로 택배를 발송하지 않았습니다. 다시 택배 회사 관계자들과 연락해서 안찬수 의원 사무실로 되어 있는 배송처 택배를 찾고 있는데 한두 건이 아니라……."

–왜 택배 쪽에서 털고 있소?

"물건 하나라면 모를까 여러 개라고 몇 곳에서 난색을 표하고 있습니다."

—끙. 알겠소. 협조를 거부하는 회사를 문자로 보내 주시오. 나머지는 내가 해결할 테니까.

"네, 알겠습니다."

전화를 끊은 배한승은 알 수 없는 불안감에 빠져들었다.

다음 권으로 이어집니다

제 글을 읽는 모든 분들에게 행운과 행복이 깃들길……

전북 순창 회문산 한 자락에서 德珉 올림

두개의 심장을 가진자

200평 초대형 24시 만화방

- 수면실 (침대식) — 사우나석
- 다인석 — 샤워실
- 세탁기 — 신간100%

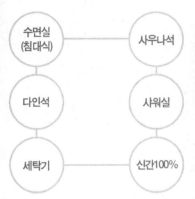

📖 수원 인계동점

● 나혜석거리   ● 농협

● CGV   ● 수원시청역 ⑧

무비 사거리

소주한잔 건물
24시 만화방 3F   ● 홍콩반점   ● 홈플러스

TEL : 031-226-3771
수원시 팔달구 인계동 1041-11 3층 24시 만화방

📖 의정부점

의정부역 ④
⑤   흥선지하도

◀서울방향

● 진성약국   ● 던킨도넛츠

24시 만화방
3F

TEL : 031-856-3971
경기도 의정부시 의정부동 197-13 3층

📖 주안점

주안 남부역

◀제물포

민병철 어학원   간석동▶

● 25시 만화방 6F

TEL : 032-426-2871
인천광역시 주안남부역 지하상가 4번 출구 GS25시 건물 6층

📖 안양점

● 안양역   육교

◀관악역   명학역▶

● 농협   24시 만화방 2F

안양일번가

TEL : 031-466-3771
경기도 안양시 안양동 674-163 조이당구장건물 2층

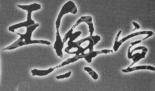

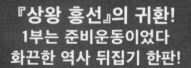

꿈의 도약, 로크에서 하십시오
(주)로크미디어에서 신인 작가를 모십니다

즐거운 세상, 로크미디어는 꿈을 사랑하고 도전을 두려워하지 않는 작가 분들의 참신한 작품을 기다리고 있습니다. 21세기 장르 문학계를 이끌어 갈 차세대 선두 주자 (주)로크미디어에서 여러분의 나래를 활짝 펴 보시길 바랍니다.

모집 분야 판타지와 무협을 포함한 장르 문학
모집 대상 아마추어 작가, 인터넷 작가
모집 기한 수시 모집

작품 접수 시 유의 사항

1. 파일명은 작가명_작품명.hwp형식을 갖춰 주십시오.
1. 파일에 들어갈 내용은 다음과 같습니다.
   - 성명(필명인 경우 실명을 밝혀 주세요), 연락처, 이메일 주소.
   - 제목, 기획 의도.
   - A4용지 1장 분량의 등장인물 소개.
   - A4용지 2장 분량의 전체 줄거리.
   - 본문.
1. 작품이 인터넷에 연재되고 있다면, 게시판명과 사이트의 구체적이고 정확한 주소를 기재해 주십시오.

선택된 작품은 정식 계약 후 출판물로 간행되어 전국 서점에 유통됩니다.
작가 분은 (주)로크미디어의 전폭적인 지원하에 전속 작가로 활동하시게 됩니다.
※ 자세한 내용은 로크미디어 홈페이지(rokmedia.com)를 참조하세요.

(03920)서울시 마포구 성암로 330 DMC첨단산업센터 3층 314호
(주)로크미디어 편집부 신간 기획 담당자 앞
전화 : 02 - 3273 - 5135
www.rokmedia.com   이메일 : rokmedia@empas.com

기이한 현대 판타지 장편소설

방송의제왕

ROK
MEDIA